时间的台阶

老　秋 ◎ 著

时代出版传媒股份有限公司
安徽文艺出版社

图书在版编目（CIP）数据

时间的台阶/老秋著.—合肥：安徽文艺出版社,2021.1
ISBN 978-7-5396-7128-4

Ⅰ.①时… Ⅱ.①老… Ⅲ.①散文诗－诗集－中国－当代 Ⅳ.①I227.6

中国版本图书馆CIP数据核字(2020)第268100号

出 版 人：段晓静
责任编辑：胡 莉　　　　　　装帧设计：张诚鑫

出版发行：时代出版传媒股份有限公司　www.press-mart.com
　　　　　安徽文艺出版社　www.awpub.com
地　　址：合肥市翡翠路1118号　邮政编码：230071
营 销 部：(0551)63533889
印　　制：合肥创新印务有限公司　(0551)64456946

开本：880×1230　1/32　印张：6　字数：100千字
版次：2021年1月第1版
印次：2021年1月第1次印刷
定价：36.00元

(如发现印装质量问题，影响阅读，请与出版社联系调换)

版权所有，侵权必究

目　录

自序：与时间一同走远 / 001

矿山情感 / 001
在钢铁中歌唱 / 009
春天之旅 / 018
我的花园 / 023
独白·呢喃 / 031
绝响 / 040
我不想说出我的累 / 043
我坐在这里 / 049
学会慢慢遗忘 / 053
我在空的内部 / 058
镜子上的霜 / 063
你站着就是大地的背影 / 067
时间的台阶 / 075

寂静的天空 / 082

隐喻或呈现 / 091

低语的乡村 / 099

时间的面纱 / 103

行走的灯火 / 116

在光影中奔跑的人 / 124

倾听阳光走过的声音 / 129

南方以南 / 137

春风十里 / 141

李白,李白 / 143

影子的低语 / 148

光阴之眼 / 154

柔软 / 166

纸上 / 173

存在 / 178

我与诗歌(代后记) / 183

自序：与时间一同走远

爱上诗歌、爱上散文诗，细数起来，已有三十个年头。我也从一个爱好文学的懵懂少年，进入人生的中年。

沿着文学的道路，我竟然走了这么久，还在继续走下去。回首往昔，从单纯的爱好，到持续地写作，直至如今，诗歌已成为我日常生活的一部分。真是没想到，寒来暑往，时序更替，我依然被诗歌涌动的激情和热情所吸引。在诗歌中，我与另一个自己相遇、相知和相守，它让慢慢磨灭的理想和壮志，经历了风雨过后，重新站立起来，像一道彩虹挂在天边，期待我一跃而过。只是时间过得太快了，也不停一停，让我慢下来，好好梳理匆匆走过的诗行。

面对文学，我常常无话可说，习惯保持沉默，更厌恶别人拿诗歌来娱乐、炒作。究其原因，还是源自我对文学的那份炙热的情结和纯洁的诗心。我曾写过："敬畏诗歌，感恩诗歌。让我在诗歌中，怀着热烈的爱与悲伤。"写作是一个不断探寻、认识自我的过程，我写作最大的乐趣在于，在真实和虚幻中穿越,获得一份愉悦和力量。哪怕诗歌是疼痛的,但完成之后,就轻松了许多。

散文诗是我内心的大树。它有一种蓬勃向上、旺盛葳蕤的生命力,引领我追风逐电,饮月摘星,召唤我做人做事无愧于心。新诗与散文诗,两者融会贯通。个人觉得,散文诗的形式是散文,但其内核还是诗歌。散文诗的意境非常重要,如果没有丰盈饱满、飘逸卓立的意境,那么散文诗就失去了一种真性情。散文诗总能让我安静下来,在尘世的浮躁与嘈杂中,守着时光,读书或写作,在自己内心的国度,静静地散步。我看到的风景,其实是美的、纯真的,甚至有道德的洁癖,它仿佛是我的一次远行,寻找记忆中的故乡,字里行间始终萦绕一缕无法割舍的乡愁。

遴选在本书中的作品,有的最初出现的面貌,只是简单的抒情。最终定稿的时候,我才把它们提炼成表达个人独特生存体验的散文诗。或许是因为我想到,散文诗的天地辽阔、旷达,有时候更适宜内敛情绪的渲染、释放和浓烈地抒发。

百年新诗,浩浩荡荡。南方以南,我是一名多情的浪子,采撷一朵朵属于自己的花朵——像散文诗一样,明净而芬芳,自由和开放。

2020 年 9 月于马鞍山

矿山情感

～～～～～～～～～～～～～～～～～～

思绪沿着号子的足迹跋涉,泪水苍白无力。

～～～～～～～～～～～～～～～～～～

深入矿石

以黝黑乌亮的目光,将春天的大门打开,是怎样一支歌谣如春雷滚滚,让我倾听一阕天籁?

太阳是一张硕大的金色唱片。乐音的花蕾红灼灼铺满采场,深入你纯洁的内心。你闪耀的光芒,镀亮我灰色的小屋,抵达一种精神或者希望。

天空蓝得彻底,我凝视的目光是两只小鸟翔舞于这片辉煌的风景线上。当小朵小朵的云鼓胀风帆飘来的时候,我等待从未有过的体验,刻骨铭心的热情与痛苦一如你小小的矿石,面对春天,孤独而深刻。

一把火就能证实你的一生。

即使冬季尚未解冻,你仍要做一次艰难的远行。因为你已不再属于自己,而是属于这博大深邃的宇宙。熊熊燃烧的你啊!我的笔触像你的脉搏,在接近苦难与永恒的同时,也涅槃成金属的绝响。

打开窗户——在矿山,每块矿石的价值,都是一颗跳荡的音符……

所以我是那样自豪地聆听矿石萌动的声音,迎迓着春天的到来。

金色音符

火热的采场,大朵大朵的阳光飘浮于天空,只要用手一摸,便会有温暖的感觉,触电般传遍全身,如花满心房。

以一种怎样的情感泊于这滚烫的唇?矿石是一曲流动的旋律,是一颗颗闪光的金色音符。

风吹拂着蔚蓝的思绪,我的眼睛润湿而平和。开采之后的土地,就像母亲奉献的乳房,不敢靠近的是令我感恩的母爱。

在阳光和矿石生长的世界里,忧伤只是多余的灰尘,不能掩埋那颗跳动的心灵。日子彩蝶般翩翩起舞,在矿石沉默的注视下,我也嬗变成一块有棱有角的矿石。

于是,向往高炉的乐章山泉般生动起来。我不清楚究竟有多少矿石,义无反顾地走向烈火熊熊的熔炉,但我知道只有在无数次的冶炼和锻打下,才能塑造真实的自我。

所以自始至终,我在凝望矿石的同时就已经注定了我一生的命运!

矿石之一

你的骨头蕴含着怎样的坚硬,穿越世纪的风雨?

没有比你更深刻的接近太阳的方式。多少好兄弟沿着你古老而嘹亮的采矿号子,擦亮那片高远的天空。他们是用一双双长满老茧的手和一颗颗朴实无华的心灵与你对话,倾听你错落有致且沉重的呼吸。

威武扬起的是电铲的手臂。

轰隆震天的是电机车的号角。

这种力量,多么与众不同,仿佛火焰,在时光的河流上,成为一种永不败色的图腾。这是汗水和心血的结晶,是祖祖辈辈赖以生存的粮食。每一次凝视都让我感动,让我背负坚实的感恩,使匆匆走来的日子,绚烂如花,芬芳我年轻而漫长的道路。

矿石之恋,一辈子也剪不断。我们时刻提醒自己,要和你一样,品质优秀。

矿石之二

畅饮过岁月的风流,你是大地上唯一的灯盏。

在那躁动不安的年代,你所忍受的寂寞,比语言还重,比春天还美丽,仿佛一面火红的旗帜,猎猎飘扬,占据无数小小的晴空。

是什么使你如此成熟,以一种凛凛生寒的目光独对苍天?深入你的内心,才能探知沧桑的力度,惊醒满纸弦梦,启示后人,该好好珍惜生活。

你是我生命长廊中强大的依靠吗?

你是我抒情诗行中闪烁的音符吗?

且让我敞开衣襟,任山风怒吼,荡涤忧郁的乌云。让我同你在一起,面向高炉,祈祷心愿实现。我知道,我的生命卑微且渺小,只有和你共赴烈火之约,才能使我锻造钢筋铁骨,抵达信念或者纯粹的精神。

而我回应着青春的歌声,在矿石面前,铮然响亮。

走进采场

是那面小小的信号旗,于一道深深的采场里指引我们。

伫立。东风吹来白云悠悠的情思。

这掌子面摊开就是一张巨大的琴谱,电铲和电机车的劳作,仿佛沾满阳光的指挥棒,奏出青春与劳动的交响曲。

走进采场,被一种深刻的体验感动。

在矿床下蕴藏的矿石,火焰般的激情,亘古不灭,至今仍折磨着谁的灵魂?卧着,以沧桑的姿态,有多少朵野花烂漫伴随这无穷的沉默,在火红的呐喊中,横空出世?

目光,如两只小鸟,啄食着许多迷人的风景,一路扑翅而翔。

走出的,是一辆又一辆装满矿石合唱的队伍。

日月如梭,四季来去,采场永远是一棵枝叶繁茂的大树,日子是一片片绿叶,谁能够采撷?

采场呵,这把打开的折扇,我们诗也翩翩,情也翩翩……

号子

又是新的一年,号子总燃烧着热量,在汗水和血液里沸腾。

坐在山冈,思绪沿着这号子的足迹跋涉,所有的泪水苍白无力。

在一片粗犷的号子声中，我们的脸庞，被怎样的光芒照耀，纷飞的思恋一直延伸到矿石的深处？

许多人，找回了最初的诺言，流浪的心，在布满老茧的手上，如号子铿锵有力地起伏，带动天空几朵浮云。

这美丽的家园，谁能够远离？就像这生在采场长在采场的号子，谁都能随便地吼出几声——一种朴实无华精神的礼赞。

夜晚来临

此时，夜幕垂落，十里矿山，正端坐在一片灯火的中央，我们听见，矿山那独特的粗重的呼吸渐渐涨潮。它将谁的歌吟流淌遍地？

进入夜晚，矿山涌动的呼唤，一波又一波，使我们的身子长上羽毛，把失落和忧伤全都抛入深渊。

风吹露白，灵感归巢。

采场里，一组电机车在夜晚疾驰。有一辆，该是拉住谁的小小的愿望？我们也要投身高炉，赶在明天太阳升起之前，像美人鱼一样升华。

有多少诗呵，是装在这夜晚的怀抱里。许多双明亮的眼睛，使矿山之夜神采依然，使矿山的白天黑夜是一幅流动的画面。

面对矿石

这一刻,我沉湎于宁静与感动,面对矿石,面对遥远世纪的光芒,我默默无语,心弦激荡。

阳光下,每一块矿石,都开满金色的花朵。剽悍的矿工,硬是凭着野性和坚强,穿云破雾,从深邃的采场中驶出一列列电车。

越过泥泞的辚辚车轮,拉长大地的思念,也驱走我胸膛莫名的愁怨。

矿石,却在目光的抚摸下,变得十分温柔。

任汽笛声声,唤醒沉睡的宝藏,我在这澎湃的潮汐中颤动——

如一片绿叶,轻轻摇曳。

怎样才能让你知道,我也是从远古而来的一粒矿石,一粒赭红色的小小矿石?艰辛而执着,充满荣光与希望。

渴望于钢铁的熔炉,我燃烧着,在生命的追寻中,升腾成一块永不生锈的响当当的钢……

落雪

雪梦无痕。思绪踮着脚行走于矿山。

我心灵的原野已是皑皑一片,雪的舞蹈,犹如矿山女子们轻柔的背影,纯净而美好,究竟扑入谁的梦中?

在雪花白蝴蝶般飘落的时候,采场边坡的小树,毅然地挺起了胸膛,一如年轻的哨兵,守卫着采场的四方。

这雪的火焰,灼热、圣洁,闪耀着芬芳的亮泽。那扇年代的窗口,又伸出几朵幽冷的蜡梅。仿佛热血铸就的情缘,我不由得想起了一行行英雄矿工的名字,让我怀想不朽的精神,支撑着一座矿山博大的情怀。

在矿山的深处,涌动着一团团巨大的雷霆。如果你踏雪来矿山,你便会感知这春之气息,探听到矿石蕾芽的萌动声,照亮今生的旅程。

矿山落雪的时候,有许多事可以静静梳理。

在钢铁中歌唱

> 我的生命与灵魂,一路追随逶迤的铿锵足音。

第一章

春风浩荡。大高炉铁水奔腾。

一路燃烧,我们的目光电闪雷鸣。那通红的钢铁,呼啸着,如一匹匹脱缰的野马,从我们的面前飞逝而过。在水之南,在山之北,钢铁的呐喊无处不在。它们是多情的歌者,在蔚蓝的天空下弹响七彩的琴键;它们是辛勤的劳动者,在辽阔的大地上收获着丰收的篇章。一阵细雨,从钢铁的头顶洒过,有多少青春的花朵纷纷开放。我用五千年的梦想,五千年的坎坷,与整个天空对接。

火热的熔炉,冶炼着我的激情。我在祖国的高处,如一尊雕塑,静静地守望着这片钢铁的家园。古老的情诗在滚烫的河流中生长出一片片新芽。这一声声撼天动地的歌唱,这一缕缕葱翠郁郁的情思,满怀眷恋,行者无疆。

此刻,钢铁锻打的人,往返于现实与梦幻之间,每一次深情的凝视,都化作一朵温柔的丁香,在梦中播撒芬芳。

请允许我放开喉咙,穿过风雪封锁的栅栏,让幸福尽情地燃烧。今天,我注定不是一个独行的人,在前进的路上绝不倒下,我的脊梁始终被钢铁一次次校正方向,熠熠闪光。

无论风雨,我都像一道斑斓的霓虹,高高地挂在故乡的胸膛。

第二章

沧海桑田,车轮滚滚。岁月铺成一条宽广的路。

当嘹亮的号角吹响的时候,我分明看见,在汹涌澎湃的钢铁浪潮尖上,有一枚叶子紧紧地贴在古铜色的脊背上,那是谁遗落的唇印,又是谁投下最后的深情一瞥?

春天盛开的桃花,转瞬之间就已落红满地。大地苍茫,太阳正缓缓走下厂房。一根又一根钢铁,洗尽铅华,默默无言,丈量着人生的坐标。仿佛无数个汉子,手挽手,肩并肩,成为亲密的兄弟,抵挡十二级狂怒的风暴。我来不及发出一声呼喊,就一头撞进钢铁的内部,聆听这遥远而清脆的呼吸,它如一粒火种,在我的血管里日夜燃烧,明媚而温暖。

任日月如梭,钢铁从不喧哗,被一列列火车或一艘艘轮船运送到辽阔的疆土。仿佛我的生命与灵魂,一路追随逶迤的铿锵足音,在漫长的旅途中,抚慰着动荡不安的心灵。这就是诗意的见证,一个人站在钢铁的中央,他是多么的荣光!

面对伤感,我可以声嘶力竭;穿过孤独,我能够咬紧牙关;唯独守望钢铁,我却是那样痴情和盲目,如热恋的小伙子,跃过万水千山,只为爱人的那一转回眸。

第三章

钢铁,请不要介意简单的抒情。

在你的面前,我始终是一个弱小的孩子,就像等待鲜花开满荒原那样,充满艰难,但从不放弃,即使历经浴火重生的苦难,我仍要抵达你钢筋铁骨的身旁。从此,一株生命之树刻下感恩的花纹。

在草木青青的三月,我头顶陶罐,涉过生命的河流;在白雪皑皑的腊月,我义无反顾,抬起倔强的头颅。在平常的日子,我沐浴着阳光,温暖如锦;在危急的关头,我踏着汽笛的鸣叫,一路冲锋。是钢铁,催动了我万缕情丝;还是钢铁,抹平了我所有的创伤。谁也无法阻挡驰骋的渴望,一如无边的黑暗,总有两三点灯火明亮地闪烁。

我擦拭着每一根琴弦,只想在漫天的音符中找到通向花园的秘密通道,也许穷尽所有,都无法追逐钢铁本身聚集的花朵。但情愿这么傻傻地、痴痴地,让光阴加快我的速度。在幸福与忧伤中,我可以让诗笺一次次湿透,如一张素白的宣纸,蘸满怒放的热血与青春。

沉默的钢铁啊,你目睹着我的冲动,又一言不发。在历史漫长而神秘的旅程中,在现实激烈而诡谲的风云中,你折叠起一沓方方正正的思念。

我走过去,如鹿轻轻地踩响辽阔的草原。

第四章

钢铁的旋律,没有终点。

我踉跄的脚步,走得整整齐齐;我羞怯的面容,焕发新鲜的光彩。在钢铁面前,必须忍受一切寂寞,哪怕昨夜的风尘悄悄布上我的窗台,哪怕明天阴晴不定。

钢铁啊,你是我永远的情人,俘获了一腔的万种风情。

原谅我,爱上你不是我的错。今夜,我在一片白纸上描绘你的模样,仿佛看到你搬来昨天的村庄、房屋和袅袅的炊烟。那么,且让我怀揣恒久的激动,请容许我的心跟着你的脉搏一起跳跃,奔赴遥远的海角天涯。钢铁啊,我爱上你的奔跑,雄姿勃发,永无疲倦;也爱上你的柔情,望穿秋水,绵绵悠长。你占领着高高的山冈、肥沃的平原、苍茫的戈壁,你把爱播种到四面八方,你在自己构筑的跑道上与风赛跑,你在太阳的眼窝里采摘光明。

钢铁,每一次深情的注视,我的目光都没有拧弯;每一次流连的赞美,我的诗行都会笔直地流淌。无论霜雪如何侵蚀你的骨头,你都是这样矗立如初。

紧紧地握住你的手,我头顶荆棘织就的王冠,和你一样构成爱的图腾,托起永不凋零的守望。

第五章

我的身体里,全是钢铁栽下的火苗。

钢铁,推动着光阴,向未知的苍穹缓缓走下去。我总是悄声诉说着,却是用了全部的力量。沿着四季隆起的曲线,钢铁把渊深的情怀送到每一双温情的眼睛、每一双布满老茧的大手和每一张微笑的脸庞,只为一个漫长的期盼。一茬又一茬,青山绿水,钢铁镌刻着亘古不变的眷恋,一边拍打低处的尘埃,一边聚集内心的风暴。谁能熟视无睹,谁又能远离而匆匆老去?

我在困倦中,会被钢铁喊醒,陷入钢铁温柔的包围。我从席卷的黑云中,看到了钢铁塑造的一群雕像。他们挑灯夜行、风餐露宿,他们意气风发、豪情激荡,他们无怨无悔、痴心不改,他们背负着古老的希望,去开拓千年回归的神话。多少汗水、多少泪水,浇灌出腾飞的花朵,在每一个角落,芬芳四溢。

此岸彼岸,金色的歌谣,从钢铁洞开的胸腔中倾泻而出。那些缥缈的往事,只能让我再次走过相思的河边,汇成一片波澜壮阔的大海。而我,从梦的源头扬帆起航——

今生今世,我的钢铁冶炼永不背叛的意志!我的钢铁谱写涓涓细流的篇章!我的钢铁耸立枝叶繁茂的森林!

第六章

暗香浮动,天高云淡。

走在生命的旷野,我把自己想象成一棵行走的树,尽情地饮下大地的朝露、低语的风。可是我却不能失去钢铁,一个人目送归鸿,独对楼外残阳。在钢铁灿烂的歌声中,我一洗征尘,找到属于自己的安宁。钢铁,你为何把微笑藏到花朵的背后,又为何一个劲地拔高疯长的思念?纵然没有诗情画意,没有张灯结彩,在钢铁一望无垠的脊梁上,我触摸到那些宽广的慈爱、伟大的理想和真实的力量。

我风尘仆仆,昼夜兼程。假如在前进的路上倒下,偏离了钢铁坚贞的方向,那么,请允许我小憩一会儿,面对钢铁的光芒,说一阵话,吐露自己的心思。钢铁是另一种神圣的家园,从思念的起点到终点,就像一坛老酒散发醇香。一瞬间,我呢喃的梦呓张开了轻盈的翅膀,就在钢铁的周围,久久地不愿消失。

夜浓如墨,红尘有你。我仿佛看到了钢铁握着的巨椽之笔,正写下信念的熹光,照亮所有的昏暗和失意。

钢铁,请让我跟上你的足音,在蔷薇花开满的前方,我和你一道开采丰硕的宝藏,一道跨越雨后的彩虹。以优雅之舞,以壮美之姿,为祖国的盛典戴上钢铁的花环。

第七章

钢铁。每一行汉字都是泣血的诗篇,能表达我对你的爱恋吗?每一声呼唤都是怒放的生命,能秉承我对你的追寻吗?

秋水寒渡,鸥鸟翩跹。我循着你蜿蜒的历史而来,也循着你永恒的青春而来。钢铁,我该怎样寄托美好的情思,把你千万次抚摸?我该怎样许下庄严的承诺,把你揽在胸怀?在浪迹天涯的时候,撞响的铜钟一声高过一声,擦亮天宇,摇醒这片生长希望与丰收的土地。钢铁之光啊,从来就未曾萎灭。当我的头发像旗帜飘扬,请不要嘲笑我的热情、我的张狂,四季的梦想正在我的枝头次第展开。

以前,我总是疑惑,为什么钢铁总是冷冰冰的名字?百转千折,脉脉凝视,我才知道钢铁无言的背后,蓄积着赤日炎炎的情感,就像女人的内心,碧波荡漾,谁又能撑一支竹篙,匆匆而过?我重新回到钢铁,回到一种宁静、慈爱的深处,让我打开囚禁的花房,越过沧海,在浪漫与辉煌中,与来自各方的兄弟姐妹,共饮幸福的琼浆。

此刻,高温的炉台正飞扬着年轻的歌声,我融入生存与发展的最强音……

一种力量,与生俱来。一种情感,魂牵梦萦。一种精神,永不磨灭。

第八章

前方迢遥,路在脚下。钢铁的交响,浑厚而甜美。

面对钢铁,我仿佛看到了一幅多彩和热烈的画卷徐徐打开,这是一次盘旋的轮回,也是一段惊心动魄的洗礼。蓦然回首的一瞬,我才知道感恩是多么沉重,像一只鼓槌,狠狠地敲打我的心灵。就是这被火锻造,又被水冷却的钢铁,浸润了水乡江南、大漠塞北一双双葱绿的目光,那洋溢的欢乐与喜悦,扬起漫天飞洒的五谷飘香,让我重新诠释人生的真理,仿佛一颗种子的萌芽,冲出风霜的包围。

一根沉默的钢铁需要一个倾听的人,无疑我是幸运的。在生活的旋涡中,钢铁如礁,牢牢地占领我不老的垛口。我的诗歌,究竟要沿着怎样的方向,抵达钢铁温柔的眼窝?天地之间,我以梦为马,跑过原野,却无法挣脱钢铁铸就的缰绳,在风中张开千枝万叶的情思。

夜已微凉,繁星点点。我和钢铁并排伫立,如一棵静默的树,连同更深的影子陷入未知的远处。还有什么能割断我与你的缘分,还有什么能践踏我对你的痴恋?

无论时光多么漫长,我一直挥舞着钢铁般的手臂。

钢铁竖起的桅杆,穿云破雾,演奏着磅礴的未来。

春天之旅

～～～～～～～～～～～～～～～～～～～～～～

一段琴声像三月的杨梅,如今又鲜活起来。

～～～～～～～～～～～～～～～～～～～～～～

中国的春

温庭筠吟诵小令的时候,李贺骑驴寻诗的时候,中国的春也随之而来。

燕子返回南方,翱翔在蓝蓝的天空下。这时许多人被春天深深感动,眺望远方,心情变得温暖而忧伤。

所有的爱情萌芽在春天的枝条上,一点点,一簇簇,便成为一首翩翩的诗了。有人撑着纸伞,穿过幽长的小巷,徜徉在雨季。熟稔的歌谣生动起来,照亮春天的道路。

在春天,摒弃尘世的喧哗和物欲,回到三月的中央,静静地面对一株含苞欲放的花朵,听花叫的声音是怎样掀开岁月的章节。

这是中国的春固有的抒情方式。

中国的春太朴素,太温婉。纵然是苏轼的巨椽之笔,也不能让春天太放肆、太风流。中国的春宛如笛音一般,悠悠扬扬,放飞多少心事、乡情或者恋情都能找到完美的归宿。中国的春就像霏雨一样,轻轻扑入谁的梦中,待天明醒来,花又落了,春天的脚步声已远至天涯,怎么也追不回。

春光如似水年华,白了鬓发,添了闲纹。所以中国的春是一架巨大的竖琴,春的中国是一张古老的唱片,我们每个人都要赶赴这心灵之约。那么让我们恢复自然,恪守青春,在未知的长久的等待中铭怀英雄,笑谈人生。

我和春天有个约会

江南多雨,整个日子被雨水浸透,一拧,心情摇曳如那夜的烛光,为谁守候千年的归程?

背负春天,小草茂盛的欲望让燕子低首,随风传唱多少歌吟。

要么伸出手来,感受阳光的温暖;要么拾起遗落的红豆,为春天印上溢彩的注释。

小屋寂寂,听青鸟的啼叫,溅起一串串金黄的涟漪。走过的日子,我不曾忘记。一段喑哑的琴声像三月的杨梅,如今又鲜活起来。春天的路上,我行色匆匆。爱情的花篮盛放美丽的梦想,抵达秦风汉月的驿站。

尽管我心疲惫,灰尘蒙沾一身,但在诗歌的光芒的照耀下,一切都令人目眩神迷。

独倚西窗,黄昏一如归鸦,寻找落脚的巢。微风在神秘人出现之前,坐怀不乱。

我看见灵魂的小鱼徜徉在诗歌的海洋中,贪婪地寻觅绿色情意。想象中的她,被春天这支长箫,按在唇边,吹成五彩缤纷的花朵。

感受春天

是燕子第一声清脆的鸣叫打开春天这架巨大的竖琴吗?是柳叶低低的萌芽声催醒春天的酣梦吗?

四季之中,最爱是春。一缕缕温暖的阳光,牵系着行人湿润的眼睛,让多情的江南,浓烈地溢出芬芳。孩子在春天里放飞幻想的风筝;恋人在春雨中让一把花伞撑起向往的晴空。

静守春夜,心也蓝了,我袅袅吹响的笛音,在谁家的窗前,勾起一汪梦境?今夜月光多么美,爱情的亮泽流淌遍地。

走进春天,我步履轻松,我的心灵像蚌壳徐徐舒展,去呼吸清新的空气,感受如浪的欢歌。

春望

是柳条的萌芽打开春天这架巨大的竖琴吗？是少女的芳香将古老的歌谣再次传唱吗？

呵,春。我远嫁的新娘重返南方,娉婷依旧,绰约风姿打动多少无名英雄。唯有我那寂寞的心弦,等待命运之神,叩响青春的门环。

雨季过后,乐谱的天空下,疯长着小草,浮动着纯净的气息。让我走进槐花的香闺,拥有一种感恩或是聆听不绝如缕的鸟鸣。蓝色歌谣如云飘浮,封住我模糊的眼帘。

我早起的兄弟,把庭院收拾干净,然后身扛犁耙,开始翻耕又一季的心事。屋檐下的银镰,按捺不住,山泉般生动起来。和他们相比,我是多么的渺小和可悲。

我的诗歌贯穿无奈的忧伤和呻吟。而那些厚望于我的人,我该奉献怎样的深情？我在春天的田野,默默伫立,就像一粒火焰的种子,穿过风雨,轻轻捻亮故乡的眼神。

小雨

小雨细细的,好像少女纤细手指弹出的琴声一样。在春天的路上,喜逢这一场雨是多么幸福且欣慰。

淋湿了无数行人的梦田,让桃花汛稳守岸边,奔腾如马,向远方迤逦而去。

一滴雨就是一颗闪亮的音符,在天地间挂起一瀑珠帘,为谁摇曳而沉默不语。

深入兄弟的心窝,那里小雨霏霏,勾起一朵朵灿然的微笑,亮丽我们跋涉的行程。

虽然我的行囊仅有一支短笛,可你千万不要说我空空如洗,在我走上绿遍天涯的时候。

小夜曲

轻漾如水月色,多少花朵大胆地开放,最微弱的烛光也摇曳出一些美丽,应和这飞扬的琴声。

夜,朦胧的树影都是一封微醉的情书。

曾经远离独享的洗礼,现在回归寂静中来,还是以前的少年,赶赴约会,大片的心跳清晰可见。

春夜之中,英雄的剑锋扫荡了无边的苦难。谁的一笑,使春天的夜晚抖落白霜,万物争显着勃勃生机?

我的花园

> 异乡人,看见了野菊,母亲的叮咛又在撞击。

花园

我想拥有一座花园,那儿百花开放,四季轮回都能以忧郁的芬芳时刻浸润我的心灵。

和小鸟一样,渴望露珠和黎明;仿佛蛙鼓震天,企求一方绿荷的荫蔽;像菊的品格,内秀而又温暖,在秋天返回爱情;还有白雪纷扬,期待与知心的梅相逢,一生都为知己灼灼怒放。

呵!花园,这不是简单的妄想,包容一盏盏爱之灯火,在午夜逼向岁岁宁静的天空。

让我的歌声化为星子,落入谁家静守的召唤。

锁住我梦的花园,该打开的呢喃。

——因为欢笑和泪水都源自尘缘,属于我这个大地善良朴实的儿子。

水之湄

水之湄,荻花的盛开击打沉默。你紧紧追赶的心跳,晾成一根大雁飘飞的羽翎。夕阳中谁也攀缘不上火烧云。

掸落灰尘独坐,品味时光悄悄的流落。

此时此刻,没有比走进水之湄更令人亲切感动,仿佛一次洗礼,昭示着一种甜蜜的幸福。

从容想念往事,不受任何干扰,唯河水依旧流淌着被山花醉香的谣曲。只是血液奔涌,谁能够捉住昨天冰冷的泪痕?

我听见大地传遍唇语,就像我享受水之湄清新美丽的风景,至少与我有缘。

我祈祷明天的阳光温暖依旧,吉祥的灯盏永远高挂在四季的枝头。

栀子花

睡在梦的摇篮,月光飞翔成一支蓝色歌谣,栀子花亲切而纯洁的芬芳水一样地弥漫。谁于今夜敞开心扉,听淅沥的风语绽开朵朵美丽?

红尘之外,究竟有什么能真正地感动心灵?顺着栀子花的指引,谁看清素朴的容颜,照得见一沓往昔的诗稿?

这缕渺远的叹息,湿漉漉的忧伤,被哪位红袖柔软地握住,穿过多少幻境,温暖如烛,缤纷依旧。

仰望灵魂的居所,栀子花平凡的一生聚拢激情又放飞祈祷。在我的诗行里,欲吐还休的话,只留给栀子花小小的晶莹的幸福。

横笛

秋夜深沉若井,有一缕笛音破空而来,如一些湿了翅膀的鸟儿,飞入多少扇敞开的窗户。这是应露水之约,应矢车菊之约,从那只小舟飘来的歌声,漾着女子浅浅的笑靥,于月光的铜镜面前,回荡成串串不绝的风铃。

此刻有谁能躲开这明眸皓齿的光彩?冷霜闪着清辉,银镰的光芒交织在一起,一棵树在旷野上迎风吆喝。

而敏感的是往事之巢,被横笛遗落的音符啄破。尽管西风强劲,落叶纷纷,亲切的怀念仿佛初生的炉火,小屋里,溢满温情的红酒,淡淡的醺醉。

是什么样的到来紧贴着疼痛,轻拢秋夜之翼?

弯月

一镰银月,挂在秋夜的深处。

总是在梦中,被这种一茬一茬的热望感动得流泪。虽没有比愁还轻的小舟,也没有如网的箫声,但一波波的涟漪绽开又回荡,弯月的力量总在秋水的悸动里。

望不穿的眸子,是口古井,而说不尽的弯月,怎样形容,也难以悟透岁月的启示。

当我孤独,弯月就是一把老吉他;当我老去,弯月就是一只纸鸢,在炉旁细数放飞的旅程。

野菊

野菊的芬芳,弥漫着我思念家园的方向。

虽不起眼,却一朵连着一朵,在我目光的经纬上,民谣如水汩汩而来,淋湿我眺望远方那缕纷乱的心绪。

如扑翅之鸟,幽蓝的亮泽,被谁握住这湿漉漉的忧伤?

异乡人,看见了野菊,母亲的叮咛又在撞击。

打开所有的门,迎接饱含苦难终于来临的幸福。

这个夜晚

这个夜晚,自鸣钟敲响寂寞的回音,高雅的钢琴冷清地散落着忧郁的符号,使自己赤裸如尾鱼,溯游在夜以及音乐的水流中。

聆听。有一种渴望叩击着心扉,顺着水草潮湿的芬芳,泪开始凝结成闪烁的星辰。情感的小舟漂泊无系,桨声悠悠的只是千古不变的歌谣。

故乡的归路已被夜桎梏着,锈迹斑斑。一支横箫兀自在唐宋词的余韵里低回地吟着,箫音是网,有七只小鸟婉约歌唱。哦,骑马的汉子,那水草茂盛的地方,那青鸟衔着的红豆,都不能让你扭转头去,嗒嗒的马蹄声总无缘无故地失落在梦的荒原。

当时间踮着脚从我们身旁悄悄溜走,你为什么痴痴凝望圆月,为什么还不策马而归?

旅人,日子白蝴蝶般飘逝,使你成为季节中一道绝佳的风景。此时,这个夜晚有股莫名的强大的力量,如地下的滚滚熔岩,左冲右突寻找出口。

箫声

黄昏之鸟纷纷归巢。秋风熄灭了最后一朵火焰。箫声,你的每一颗音符水灵灵地颤动,像硕大的露珠在我们的心叶上滚来滚去,使我们的日子充满了芬芳。

别问是什么曲子,这些涌动的波涛,卷起的浪花是多么纯净和忧伤。别问是谁独守秋夜,比梦更长,这些翩翩的蝴蝶,在月光下张开玉色的翅膀。

箫声使我们返回古典时节,像诗笺一样给予我们落寞的笑容。英雄远去,知音不再,而谁还坚持着自己倾听的耳朵?

箫声,幽谷里的兰草,溪水下的石头,你的生命长满绿叶!

鸽子

小小的鸽子,我为你祈祷和平。昔日的战火如毒蛇一样蔓延,多少晶莹的梦想不堪一击,当我回首,我的泪水已流不出一丝清澈,黯然神伤的是荒草萋萋的背景。

鸽子,你孤独地飞翔,在空中开放优美的花朵,让我仰望的目光无法抗拒,扶直我简单而凝长的呼吸。

鸽子,该怎样深入你的心胸,撷取一缕回荡不息的激情;或者看你无与伦比的美,让四季溢出酒一样的酡红,怀抱爱情、民谣和跳动的心灵。

这只鸽子,毕加索的纪念品,和平之神,与你守护这片神圣的天空!

走进音乐

从一颗低音开始。今夜,灵魂像花朵渐次打开。我的心是一只舟子,在音乐的潮水中流浪。

因你,我的心不再布满荒草,我的青春长成一棵葱郁的大树。

你穿着美丽的彩衣,翩翩飞来,掀起着片片银色的月光,以火焰的光辉抚平我疼痛的伤口。

你给了我一个清洁的世界,一个圣洁的精神。你的模样,就像蒙娜丽莎神秘的微笑,谁能够描绘?

守住你,像守住多年不忍舍弃的一场初恋。

今夜,我热泪盈眶,为你写下的散文诗像鱼群一样,游进你的怀抱。

鹰

鹰,像一团闪电。

紫色的闪电,撕开天空巨大的帷幕,张翅飞来。

西风飒飒。苍凉的鸣叫震撼着大地,横扫乌云暴雨。双眸生寒,映出一点落寞的影子。气息灼热燃烧着生命激荡的梦想。

鹰穿越城市多少仰望的目光。

鹰独自飞翔独自浪迹天涯。

寻找圣火!

鹰,风中的利爪闪亮,一双驱散迷雾的利箭之光,亘古不灭。

独白·呢喃

> 一朵火苗,在语言之外,静静地开,又落。

蓝色歌谣

1

秋意渐浓,露水已重。

我蛰居小城,平平仄仄的诗行是我寻觅的目光铺成的小路,希望你涉水而来的声音,叩击我的心门。

使我痛苦的你呵,是怎样一只小鸟栖在哪朵花下,静候如禅?

2

我描绘不出你的模样。

爱情是只紫色蝴蝶,在小小的低沉的天空,掀起多少可人的意象。

一天一天为你唱着生动的歌谣。

纵然雨季无期,梦想结出老茧。等下去,才是守望不变的方向。

3

为什么? 你的到来注定要我经历烈火炙烤的考验。

为什么? 我的诗歌总是泅过泪水的河流漂泊无系。

为什么? 枫叶正红,你和我却又错过今秋古典的相遇。

我们的恋爱毫无理由,彼此没有答案,就像葡萄的光亮,谁能够丈量?

4

亲爱的,你感觉到我的心跳吗? 我在采撷那真实的玫瑰,我必须洗去脸上的灰尘,让心灵彻底干净,擦亮所有的烛光,在浪漫的或者忧伤的萨克斯曲中,和你共进晚餐,厮守终身。

5

这一切仅仅是我的想象。

还没有冬天的影迹,我的注释只是蝉声远去、芦花纷扬的背景,携带一把孤独的吉他。

唯有听岁月流逝的声音,咫尺之遥,你才能知晓我浪迹天涯的全部意义。

因为今生今世——你是我美丽的新娘,我是为你消瘦且纯粹的歌手。

忆茵三叠

1

在秋天的路口,群鸟返回,告诉我,你是哪一只小鸟,今夜你要栖入谁的梦中?

西风挥舞最后的衣袂,将落在大地的星子一粒粒捡入露珠纷呈的草丛。那么留在你心间飞不动的魂灵,是我相思的蝴蝶,无声地掀起片片歌谣。

茵,我的太阳,是你以浅浅的笑抚弄我的情弦。

因了你,守望的日子涌起感动的细浪,一遍遍洗濯我,如可人的玉,漾出无法测出深度的光亮。

2

冬天的脚步很沉,将我的怀念深深踩痛。你是否看见,那一片蹁跹的雪花,它就是我的爱呵,愿无形地消融于你的胸怀。它落下来,比本身重量还重很多,如颗小小的子弹,旋出无畏的力量,准确无误地击中你的靶心。

我不是好的猎手,可在爱情的燃烧下,我就能腾飞。

茵呵茵,沿着你指引的方向,亲切而纯净的白雪温暖了跋涉的行程。

3

当解冻的小溪唱着欢歌的时候,我的爱,敏锐的触角最先察觉春天的碎步。急急地,一下闪了腰,使将开的桃花,笑了一笑,闹尽枝头。就这样,春天和我的爱同时到达,放牧青春的马队。

茵,我们坐在春之深处,品尝爱情这杯浓浓的红酒,听彼此的心底,嘈嘈切切地流淌着一支熟稔的旋律。

且放缆纵歌吧!没有理由拒绝这唯一的邀请,你就是我今生共划桨的同伴。涔涔热泪悄然远逝,那是我幸福的泪,在玫瑰面前,拭去流浪的灰尘,保持一种芬芳或亮泽。

两颗相同频率的心脏震颤出无穷无尽的乐音。

亲密爱人

1

在芳草尽铺的小径上,我是多么不愿于阳光里暖暖地睡去。我数着心跳,和自己玩一个激烈的游戏,要知道,在你到来之前,我已洗去脸上的灰尘,让心灵保持蓝天一样的干净。

只要打开你这扇紧闭的门扉,所有的烛光都回涌向你,所有的鲜花终将为你开放。一如古老的歌谣,响彻你的一生。

我的爱人,春光将逝,曾经熄灭的爱情由谁点燃?当春天转身的过程恍若隔世,我该怎样打马驰过你的窗前,是悄然谛听,还是疾飞而去?

我的爱人,坐于凄冷的夜晚,小虫绵绵织奏着不眠的谣曲,我是多么无奈和忧伤。我不是优秀的诗人,可我写了那么多诗歌,又任谁来领受这金光闪闪的箭镞?

我的爱人,我在无数次的等待中洗濯自己,只有你的笑脸,才是永远珍藏的风景,或者怀念的对象,给我抚爱和深深的慰藉。

2

两只火柴,吱的一声,燃放爱情的火花。

这不同于音乐的力量,照耀我膜拜你的方向。神秘的爱人,是什么使你在岁月的迁移中,还能恪守青春,坐怀不乱,拥有一颗玉质冰心?

我无须失意,我的小屋总被这种灼目的光芒镀亮,让我在纯朴明朗的日子,平静地读书或写作。

没有理由不满足,你的手指随时叩打我灰色的头颅,使我一次次身居险境,竟能化险为夷,穿过生命的沼泽地,到达你的身旁。

没有原因不感谢,你的微笑洋溢着水一样的温情,兰花一样的芬芳。在多少诗歌找不到归宿的时候,我的爱还能保持清新和鲜嫩,为我抹去累累伤痕。

在尘缘中等你

1

今夜,你是乘坐哪片风的翅膀,在夜色之上,匆匆赶来?我不知该用怎样的心情,使你无拘无束,好像百年以前,我们就彼此相知。

爱情这支神圣的利箭终于射中我的胸膛。我宁愿让这一刻永恒,在宁静的时光中,听我心底的那根弦,嘈嘈切切地弹起一支如水的旋律。

兰,使你躲在深闺,羞红了脸的人儿,是谁?

2

琴声如浪,烛光摇曳。我看到你的身影从容、平静,隐藏着无与伦比的美。你的那双明眸仿佛深不可测的潭水,蕴含绵绵的情思。

秋天的风吹来花的香气,使我在婆娑的月夜迷失自己,犹如一头小兽,踩着一声高过一声的心跳。兰,我就是这个左手持玫瑰,右手握短剑,为你朝思暮想的王子。

而你身在哪座小屋,独守韶华,不肯为我打开那扇欢乐的窗扉?

一切从我的歌声起飞,又回归清晰可辨的幸福中。

3

我满含热泪,为你写下震颤大地的情歌。让我的生命幻化成一只鹏鸟,沿着你牵引的方向,做不倦的飞翔。

兰,我热爱粮食、劳作和智慧的力量。我想你也和我一样,摒弃世俗的虚荣,在一朵花下静立,听见相思的珍珠,若雨点穿透夜幕。

如果这个秋天还没有什么值得怀念,你该千万次咒骂我。因为你的步子,惊若翩鸿,使十一月的夜晚,落红为酒。

4

兰,我轻轻唤你,只是你的名字给我以深深的暖意,让我掸去杂念,向你说出那最为珍贵的动词,和你在不变的契约里,写诗、听曲以及想象天使的模样。

有了你,我才能护卫彼此的美丽;有了你,我的归宿不仅仅是缥缈的乐音;有了你,我的青春显出超越本身的活力。

有了我呵,兰——你的衣裙飘飘,拂落清淡的星光;你的笑颜绽放,在平静的日子中,催开一朵一朵吉祥的灯盏。

5

我想,在淅沥的雨声没有终结的时候,我的诗歌因你而满纸生辉。我与你的爱恋,足以抵挡风暴的袭击。我们的目光是一道璀璨的阳光,在共筑的家园,照亮今生的梦想,守望着丰收的果实。

兰,骄傲迷人的女孩,是我涉水跋山,把你迎嫁到我心灵的村庄。我倾注了多少热血,不信,你看,黎明的路上浸满我一步一个脚印。

历尽苦难,我终生不悔。像一朵火苗,在语言之外,静静地开,又落。

独白

你的眼泪是清澈的。坐于花蕊中的仙子,在一阵纯净的细雨中洗濯自己,散发清香,打开这架梦的竖琴。

我不想妄谈我的忧伤,我的等待是一串长长的省略号。即使跋涉的路上布满荆棘,此生,我亦别无选择,穿过风的甬道,为你秉烛而歌。

这是一种镂心刻骨的守望,又是怎样的苍白与无奈。

一支柳笛就能唤醒整个春天,那么我的诗歌感动什么?摒弃所有的灰色,一把吉他就是我简单的行装。

你的到来,越过孱弱的身子易碎的心。我们被暖暖的光晕抚照,我为你清洗受伤的脸庞,锻打利剑的锋芒。我们鼓荡云帆,回到三月的中央,彼此安静,相互鼓舞,封住物欲的道路和流动的暗疾,平静地读书、写作或是倾听内心的呼吸。

当爱情转身的过程,恍若隔世。我明白相思是一根寂然且浓烈的琴弦,歌唱或流泪,以最隐蔽的姿势,面朝红尘,蔓延如火……

绝　响

~~~~~~~~~~~~~~~~~~~~~~~~~~~~~~~~

那跋涉的足音,至今仍撞击着谁的心灵?

~~~~~~~~~~~~~~~~~~~~~~~~~~~~~~~~

李白·蜀道难

1

山不转水转呵,蜀道依旧蜿蜒地连到天边,那跋涉的足音,至今仍撞击着谁的心灵?

清风明月,在你的诗行间,流下命运的泪水。

你抚剑长啸,切下芳草和白云,紧紧裹着一个历史的伤口。

2

猿声啼断了愁魂……

春天早已走远,你的灵性何用?身旁是小人横行,佩剑再利,也不能随意拔出,纵歌一曲。

战火吐着巨大的舌头,蔓延而来,你看穿一切,却只能焚心如火。

你终究看不清岁月真实的面孔。缤纷的花事,犹如小小的灯盏,在你的心头燃烧而又熄灭。

3

是谁,茫然四顾,天地混沌一片?

是谁,打马疾驰,却找不到归宿?

蜀道难,每个句子,都是对上苍的责问。向天投石,谁又能撷取一缕激荡不息的回声?

4

你在江南的水面上消失了。

沸腾的血液凉了。而你却永远走不出后人仰望的目光。

苏轼·念奴娇

1

那一日的江涛如野马奔腾,惹得你怀幽古之思,发深远之情。

没有什么比这样的豪放更为心惊。关西大汉手执铁板,敲碎的是温软酥调,震落的是花间粉蝶。

一代江山,竟从你的墨管中,缓缓站立。

2

你的身影隐没苍穹,只让孤独的吟唱伴着江水汹涌的吼声。

风萧萧,雨飘飘。

一双灼目拨开人生之路的迷雾,江鸥,掀起片片可人的意象。

3

如果有来生,你还能怎样?

世事如网,令无数风流豪杰叹为观止。你能挣脱许多无形的枷锁吗?

谪居的你,是剑上的锋芒,穿过时空的帷幕……

4

那年的江水,那年的歌声,飘落在赤壁的怀想中,回荡在悠长的思念里。

一支流淌了千年的歌,在蓝色的梦的上游,绵延不绝。

我不想说出我的累

用一颗哆嗦的心,敲打不眠的夜。

幻想骑一匹白马

幻想骑一匹白马,从新疆慢慢地走到蒙古,不用日行百里,就这么踏着四蹄,驮上一个男人。请让我看看天空、白云,还有那片绿得心慌的草原。是的,我来了,在一匹白马上,晃荡地来了……

也许走到哪算到哪,好像没什么抱负,但我控制不了一股缰绳,还有怒涨的血液。现在,我与白马形影不离,迟早会在黎明醒来的时候,它比我消逝得更快。

就像神秘的爱情,到来时充满忧伤,离开时,再也不会期待再见。

我不想说出我的累

我不想说出我的累,这是虚伪的借口,是用尽气力却喊不出的一个字。

有一点点累,我可以在灯下漫游,在白天做梦。只是无法告诉你,它到底承载着怎样的重量,一次次,又被我抛弃。

可我找不出它的身影,把或多或少的累随便放逐,如同小楔子,牢牢地插在时光的案台。偶尔,我会看到扑闪的冷笑,从面前飞过,又抱住一棵树,赶走几只入巢的鸟。

是不是生活就是这样,一会儿平静,一会儿动荡,还掩藏着被深呼吸抬高的疲惫。

我必须向生活屈服

将灯光洒在角落,用手拍打手,照出一个人,正拂落灰尘,在一沓诗稿中挤出水分。

我不想抠开细小的喉咙,糟蹋一天的粮食,但却听到一股刺耳的尖叫,拧成一团。渐渐泛起的胃酸,压下清晰的轰鸣。

现在,我还不能弯曲意志,像衰老看见皱纹,苍白看见嘴唇。我念念有词,只是一脸的无辜,越过了葱茏的岁月。

我必须向生活屈服,如一株葵花迎向太阳,弯下身子,就把一腔的果实,揉碎在浑圆的心上。

什么都不用说,用一堆空壳,装满不肯倾倒的颤抖。

偶记

陌生的闯入者,我注意到,那不是我真正想要的……

这一天,我不断提醒自己,像一把犁,在田畴开来开去。

风吹过清凉的气息,万物向上。我拒绝腐烂,也不说怜悯,以四十五度的姿势,赶在入梅之前,淅淅沥沥地落一场雨。

只是,转身离去啊,需要多少只时光的器皿,蓄积着热血!昨天,住在一缕薄雾之中,我已经轻轻地走过。

绕着地球转一圈

沿着赤道,沿着北回归线,不坐车、不乘船,就凭一双脚,不停地走下去,磨平越来越轻的忧伤。

我把罗盘丢到沙漠,我远离城市,也不去解开村庄的纽扣。此刻,毫无目标,只是一个劲地低头赶路。

像那些小小的蒲公英,被风吹得很远。我可以追逐一片蔚蓝的天空,但此时,成为一朵蒲公英,在沙尘暴的包围中,移动着阴凉。

无论走到哪里,我都无法躲避寂静的伤害。直到五脏衰竭,直到枯草封住眼帘,还会看到,我没把自己折磨够。

每天反省一小会

事实上,这是我一天最为安静的时候,三秒钟、三分钟……

我可以不想漂亮的词句,就这么默然地坐在夜晚的一边,被整个世界打动。

想一想,今天是否碰到了一群意气风发的蚂蚁,然后用敏锐的触角,去把它们当作朋友;也会搬开密集的雨水,请蚂蚁浩荡着走出巢穴。

更长的时间无法坚持!比如三个小时,我会感觉倦乏,甚至莫名地烦躁,很快失去反省的冲动。如果白天能有一个梦就好了,至少说明我还迷恋着生活的清香。

趁着痛苦尚未到来,我如一只笨拙的壁虎,在冰冷的墙壁,留下一条断尾,看上去和月光一样轻盈。

允许我闭紧嘴巴

请把我忘记,我已不再年轻,不再充满欲望。像一双穿了很久的袜子,迟早会被丢弃。

我不去撞那宏阔的钟声,也不唤醒沉睡的鸟鸣。天色很深,在一杯透明的茶水中晃动,我泯一小口,至此关上了两排牙齿。

但不要认为我不会说话,我只是放弃表达,退守到最初的枝头,更不需要,吹起一串串快乐的泡泡。

暂时失语吧!正如我从未指望泪流满面一样。此刻,我闭紧嘴巴,用一颗哆嗦的心,敲打不眠的夜。

一旦开口说话,所有的努力,连同无数次拼命的回眸,都无处躲藏。

我不是多情的人

如果以为我是多情的人,请原谅,那不是我喜爱这种情调。

其实一直很困惑,晚风吹拂的山谷,蝴蝶都应该折起整齐的翅膀,可偏偏,在无望的追逐中,将自己一点点伤害。

仿佛夜的尽头,出现了某种神秘的声音。先是捻断蟋蟀的胡须,接着归于平静,在微寒的逆光上,爱与背叛相互摩擦。有人记住或者忘却,都不过转瞬之间,咫尺天涯。

我不会轻易地放弃卑微和胆怯,那是一种独守的能量,寻找有限的怀抱。我庆幸,不是一条小菜蛇,向着浅浅的水沟,被一根棍子追撵得不知所措。

彼此注视,不需要偿还相互折磨的情债,像一只海螺,孤零零地落在沙滩上,迟早要被沙砾,塞满倾听的耳朵。

给我一记响亮的耳光

不知道写些什么,那么给我一记响亮的耳光,像消灭一只蚊子,简单得让人不敢相信。原来我的手不作壁上观,还能甩出久藏的重量。

被巴掌拍醒,或许清醒了片刻,这样不用自恋自狂,远离寂寞的歌唱。请不要拉住我的手,无论生活多么沉重而散漫,且拈一枚棋子,就在混沌的棋局中,闲庭信步。

且宽慰,我不随便伤害自己与每一个相遇的人,剩下一副多余的皮囊,和时光握手言和。我的双手反复地清洗,似乎总是不安,在雪白的墙上,扣出深深的伤口。

我会燃起无数盏红灯笼,照亮这个暗夜。像两排左右对齐的纽扣,找准对接的位置,有时恰到好处,有时又只能深深地凝望,放弃最后碰撞的回响。

我坐在这里

~~~~~~

在皱纹的河流中,剥掉内心的岩层。

~~~~~~

西园夜饮

我没有多余的话要说。现在,我在红尘一饮而醉。

只要不折断那些飘拂的杨柳,莹白的瓷杯,还有我的心不会出现隐隐的裂纹,我都能够坐拥江山,万里和平。

如果风大了,我袒露胸怀,在肆虐的燃烧下,没有痛苦。

我相信,幽深的梦中还有芬芳的花朵。

我相信,一杯酒能拴住时光抽打的鞭子。

喝酒之前是我,醉酒之后还是我。

我会挥动一把铁镐,在西园里种下一亩月光、三斤绿色以及一升箫声。这相守的滋味,需要无声地忍耐,慢慢地品尝。

细雨

我试着在这场细雨中去掉修饰,删除隐喻,让它直接有因有果,把疲惫的包袱卸下来。

简单地爱,简单地生活。

我承认,在这个瞬间老去的春天,哭过,笑过,爱过,恨过。

它们的抵达与离去,都是倏忽而逝。

只是我的内心早已被雨水洗得一尘不染,我低飞的姿态,带着体温,在一枚叶子的正面,是微凉的牵挂;而在反面,就是匍匐的热烈。

夜语

我坐在这里,和夜晚对话。

这么多年了,我还是这样在一根琴弦上颤抖不安,孤独而深刻。

如果树木的年轮不再扩大,蓊郁的记忆不再遗失,我会不会拿出生锈的剪刀,颤动不停?像一件清瘦的衣衫,贯穿着整个夜晚。

有时候我很渺小,在灯火的溺陷中,一个劲地摇晃。

有时候我也很强大,甚至都能捉到影子,在风中一齐歌唱。

对于那些伤害我的人和事,我原谅了它们,也就是解脱了自己。

我和诗的一场泪水

有时候,我想故意制造一些慌乱,看看诗行中蜿蜒起伏的泪水该向哪个方向奔涌。

在山川和原野间呼啸而过,在村庄和田畴间绸带一般舞动。

风雨践踏过,大地埋葬过,可什么样的力量促使这场泪水毫无顾忌地奔跑?弱小、孤单、需要保护,我甚至感觉到,它们都是一群调皮可爱的孩子,我不会独自穿越黑暗,把它们丢在深夜里哭泣。

我会带领它们,在皱纹的河流中,剥掉内心的岩层。

自始至终,它们比我沉重得多,但从来一言不发,像热爱生活一样,给我安宁与希望。

尘埃

穿过时间的熔炉,这些轻飘飘的尘埃为什么顽固不化,为什么不肯撤退得干干净净?

像久违的老朋友,眼里容不得一点沙子,看上去还是那么熟悉和亲切。

但彼此都心照不宣,一粒尘埃也是一颗柔软的灵魂,它面对风云漫卷的生活,从来没有抱怨和委屈。

只有把自己累得疲劳不堪,我才能看到它纯洁的笑脸。

我动用一根根细长的睫毛,扎紧篱笆,把一面镜子的折射之光关在门外。

从不否认,尘埃落定。

喧闹的潮水渐渐隐退,天地是不是可以像一句梦呓,最后安静下来?

学会慢慢遗忘

~~~~~~~~~~~~~~~~~~~~~~~~~~~~~~~~~~~~

这朵绽开的花儿,就是你最后的疼痛。

~~~~~~~~~~~~~~~~~~~~~~~~~~~~~~~~~~~~

学会慢慢遗忘

学会慢慢遗忘,厨房里的调味盒,在不声不响的节奏中,已经把自己腾空了。它需要等待,而不是快速地填充和还原。

其实恢复它饱满的模样,这很简单,只要在它的小格子内,装上盐、淀粉,还有碎碎的姜,它依然为我烹制生活的大餐。

但现实绝不是这样模糊着重复,比如那些逝去的梦境,是不是在某个角落,像萤火虫掠过草丛,我似乎还没有来得及眨眼,就追着一股风,低低地远去了……

那么，就让我摊开一沓崭新的日记本，微红的心事，在纸页之间，一边走一边寻找姹紫嫣红的春天，沿着漫长的地平线，我会不会守着干净的蓝，在一豆星光下，而不肯撤退？这提醒我与我的回忆，对于遗忘本身，我愿意继续保持鹤的姿势，是静止还是飞翔——不用说出任何理由。

车站

像一次梦游，危险、神秘，来来回回地在这个站台，随意晃荡。没有人向我打招呼，我也不需要向任何人保持微笑，就连警察，对我也视而不见。

有时候，又像一次提前的抵达，在记忆中与自己相遇、握手，甚至抱在一起，但很快就在昏暗的灯光下消失。我想从喧闹的车站里，带走几个和我一样孤独的人。

而确实，我什么都没带，行李已不知道丢在了哪节车厢。我只有瞪大眼睛，在张贴的广告栏上，一遍遍寻找我的名字，我的消息。

远去的火车啊，纵然不能把我带走，也不能将我抛弃！现在，在这空荡无人的站台，只有我用多情的目光，擦亮冰冷的铁轨。

我是在离开站台的时候，听见一声高亢的汽笛，从体内呼啸而出。

它潜伏了多长时间,又为什么变得越来越轻……

铆钉

咬紧牙关,它在忍!它光秃秃的表面,都能折射出我的身影。

谁又看到它的力,正慢慢爆发……

拉紧,就是它的心跳也是它的舞蹈;就是它的痛苦,也在欢叫中埋没。

一颗小小的铆钉,将我按到雪白的墙壁。挣扎、扭曲,我绝不会在灯下打坐,请求它的宽恕。

但岁月不会轻易地放过,我的抵抗,我的愤怒。尽管曾经掏出了卡在喉咙里的骨头,我还是没有把握,剥开铆钉,一颗柔软的内心。

过去,忧伤,怀念……

未来,憧憬,美丽……

我活在当下,被铆钉紧紧地抱住,像一块烧红的炭,我很快在灰烬中,质问着茫茫大地。

蝶恋花

我望了望你,一颗心情不自禁地颤抖起来。你,就像一朵受伤的火苗,透明的翅膀掠起一层层热浪。

回首来路,哪一段是你沸腾的血液,哪一片是你不忍舍弃的方向?

往事如舟,在我的内心搁浅着,也压迫着你单薄而孤独的思念。无论爱在何方,你都穿越风雨,轻声呢喃,从不放弃对花朵的渴望,也从不闭上疲倦的眼眸。就这么轻轻张开,投下深情的吻。

滚滚红尘,我与你擦肩而过。像伤口挨着伤口,这朵绽开的花儿,就是你最后的疼痛。

我望了望你。

在一根潮湿的琴弦上,浅浅的微笑幽梦无痕……

莫问归期。走吧,走吧,离开我,你就看不到卡在我喉咙里一块叫喊的石头。

无以为字

你眼睛在说话,隔了这么远,我听见:"亲爱的,珍重。"为什么眷恋,为什么频频回首?彩色的云绸啊,缠绕着你一路上升。

今夕的岸边,无人来过。一块忧郁的冰,至今没有融化,泛起碎裂的声响。夜晚的背后,一个人苦苦泅渡。仿佛越来越薄的月光,开始砸在头顶。

在哪一扇端坐的窗口,还有一丝清澈的眼神,戳痛你的孤独?

你把花冕丢在尘世,无所牵挂,去打扫梦中的花园。

一万米的远方有什么?你在遗忘中找到自己。

走进苍穹,小雨开始淅沥地落下来,像一把揉碎的琴声。谁与你站在一起?留给你的,是一片混沌的天地,而你不再哭泣。

我在空的内部

~~~~~~

无数个他,从不同的方向,扑面而来。

~~~~~~

空瓶子

我无意调动翩翩的蝴蝶,排成方阵,在这座灰色的天空,找到回家唯一的方向。

我更无力追赶一抹流云,拧断窗棂,纵身一跃,成为彗星的尾巴。

俨然就是一个空空的酒瓶,它不会轻易放风进来,随着嗒嗒的马蹄声四处走散。

那么还在等待什么?让一滴胭脂进入胸腔,整个夜晚都是一张洁白的宣纸,它的忧伤开始融化,流淌。

它注定是空空的——

没有谁知道,它也不知道,在流浪的途中,怎么一下子就空着,这么久……

只有我抱紧它叮当作响的声音,与它一起慢慢地摇。如此陶醉而清净的样子,把我的心也掏空了。

空镜子

从这面友善的镜子中,我似乎可以找到昨日的微笑与泪水,都是一样的重量。

在它真实的守候中,我会忘记时光折叠的疼痛,像一道石阶,摊开所走的道路。

有时候,我情愿是镜子的一截平面、一颗污点,哪怕是一条断裂的纹路也好。这样,我不用再看别人的脸色行事,也不用瞻前顾后,裸露一个真实的自己。

要是风更大些,我会理好头发;要是雨更狂些,我会戴上毡帽。

在这个茫茫的岁月中,我要照顾好自己,剥下伪装,细细清点每一块烙下的疤痕与肋骨。

而你,总能在镜子的另一头,把我拎起,把我抚摸。

空巷子

在这幽深的巷子,我一定会遇见一个强大的对手,他拼命击打,而我无处躲闪。

只有回击,咬着牙齿,我不会泄露对他莫须有的好感。

也许他的存在,才能证明我的孤独;也许他的力量,才是我永远渴求的热望。

他为什么不说话,或者对我嗤之以鼻?在他一点就炸的拳头中,还有多少银色的火焰,收敛光芒?

无数个他,从不同的方向,扑面而来。

如果我离开了,他是否也像当初来去无踪,与春花、秋叶一样淡然无痕?

我在巷子里徘徊,从未见过他放弃抵抗。只有一片瓦脊,被雨水越洗越亮,还有一小丛青苔,在风中绿得不忍触及。

空椅子

椅子一天比一天老去。

在静寂的夜晚,当我转身离去,都会听到它骨节之间的扭动,像一声长长的叹息,黯然、轻邈,而又无力追寻。

只有灰尘,拒绝阴谋。如撒上了一层盐,我能分辨出回忆的温度。

一个人可以带走一切,但却带不走这把陈旧的椅子。它的世界,就是几颗螺丝钉还在散发着热力,看上去,比我还要固执,还要危险。

而其实,我多么想舀一匙清凉的月光,把这椅子拆开,再重新构造。在它新的秩序中,还有多少爱值得反复品味,多少恨得以宽宥?

亲人啊,我站在这里,向这椅子,深深地鞠躬、致谢。

空房子

如果给思念腾一个位置,我最先想到的是到这房子中劈柴、生火,让一炉的温暖倾泻而出,响彻不停。

这静谧的居所,虽已蛛网密布,尘埃堆积,但我相信,一曲爱的歌谣不会埋没,无论过了多少年,它还在心底轻轻萦绕。

像白雪融化,静水深流,一切都在美好的弦上,从容踱步。

一座空房子,是岁月的伤口。它需要缓慢而有力地生长,重新拴住自己的血肉。

多好的期待啊!站到这房子的屋檐下,燕子衔泥,穿梭迁回,我只能为春光让路,为阻挡不住的希冀与新生而愧疚不安。

一大片阳光,丈量着房子的面积。三步之内,我守着无辜与欣喜,暗自跳跃。

空袖子

放弃奔跑、行走和孤独的舞蹈。风吹来,一只袖子低垂如朽烂的果实。

那么,还有另一只袖子呢,它究竟在怀念什么,把暗藏的花影一片一片放飞?

事实上,我也躲在袖子的背后,随同低走的光阴,一路流逝。仿佛注定我从来就是一个寂寞、多情的歌者,一团锈蚀的喉咙里还涌动着滚滚岩浆。

我必须面带微笑,爱到永生。袖子暂时是空的,它装着那么多的酸楚,终究,它会把我拉到天空巨大的旋涡中,以匍匐的姿态御风而翔。

一只袖子,它让我为大地更衣,为星辰点灯,驱赶内心的荒凉,如一棵安静下来的树,铺满绿色。

镜子上的霜

在灯光的另一头,有你,微笑如初。

偶有花落至

最好,梦醒的时候,有一朵小小的花从我的头顶飘落。刹那之间,这个夜晚,突然溢满了芬芳。它来不及躲藏,就被我无情地掠夺。

仿佛我的存在,也有了一点真实的回应,哪怕它是寂寞的歌吟。在这漫长的岁月中,因为花落,我不在乎花期已过,像熟悉的生活脱下了白昼的鞋子。

粉红色的花,姿态轻盈,它究竟飘向了哪里?一段时间以来,似乎我的手指都不自觉地抻直,摆出一个坚定的方向,去捕捉这缕缥缈的叹息。

这个朦胧的世界,它深深地刺疼了我。我多想和它一同隐匿在月光的背后,插起一对洁白的羽翼。

曾经的花,被风吹散,没有谁看见它羞涩的脸颊和无望的泪水。

而我呢,开始抹去自己的脚印。

捣衣

爱人,要用多少次的扑打才能熨平这件单薄的衣衫?时光,俨然停搁在某段历史的瞬间,又是一年秋老去,我面带沧桑,伫守在寂静的河流。

爱人,要用多少寻觅才能唤回一个走失的人?多少无奈、冲突,甚至是悲伤过后的绝望,我都在独自穿行而又心存不甘。除了一阵又一阵的水花,在梦中悄然流淌,还有什么让我洗亮内心的石头?

爱人,要用多少坚硬的锐器挖掘早已匍匐的身体?要用多少热爱浇灌龟裂的苍穹,才能把我送到柔软的地带?像一棵老柳树,它看到了一切,在风中哼着不变的歌谣。

如今,我的纸上洇开朴素的声音。

我是如此相信,在灯光的另一头,有你,微笑如初。

镜子上的霜

点点的霜,在平滑的镜子表面,竟有了一股清冷且柔和的力量。像这个秋渐渐加深的季节,愈加袒露我的苍白与不安。

多年了,许多暗色的伤口还在不断扩大,没有还原成一枚书签、一只纸鹤,或是一款解不开的结。它们兀自颤抖不停,我怎能看清它们酝酿的秘密,在午夜里出逃,到某个城池缓缓走过?但我相信,它们是有歌声的,属于自己的魂魄,让我切开焦躁的现实,抖搂出新的梦境。

镜子之外,这个人即将老去;镜子之内,这个人痴痴地守候,甚至顾及不上回头,就挥手而过。

我知道,多么残忍而真切的一瞥,仿佛悬而未决的刀锋,一闪即逝。

必须把堆积的霜清扫干净。在这一望无垠的镜子上,我旋转着小小的芭蕾,踮起足尖,越转越远。

宛若水中央

如果我是灿灿的莲,是否怀揣着一团燃烧的伤感?站在这平静的水域,我的目光在蜂蝶的吸引和招摇下,显得多么空虚而迷茫。甚至还没有看清它们的身影,我就听到往事的铜钟,被一块石头击中,那些激荡的忧伤不易察觉。

我该怎样守住内心的安静,也许阳光洞穿了我,风雨扫荡了我,经历所有苦难之后,我相信自己卑微的灵魂一直响彻着一个声音:好好爱,好好生活。

一只小小的红蜻蜓,目睹了我摇曳的身姿,而一言不发。在它善变的复眼中,我似乎隐藏了更多的畏怯,至今还无法走出它闪烁不定的冲杀。

那么,让我在流浪的月色里,做一只归来的桨吧。

咿呀,咿呀,划过江南。我和它一样,拉长着声调,从此不再承受思念的侵扰。

你站着就是大地的背影

> 我是黎明最先收集露水,并为幸福挡住灰尘的人。

与夏夜交谈

请相信,我不是故意制造一场泪水,在萤火虫低飞的夜晚,寻找我的另一个故乡。

我正在修饰斑驳的身影,删除高大的词语,向着洁净的你,一点点飞去。

像一支归来的桨,被幸福的涟漪包围,不断扩大的水纹无声地揉皱了一江月色。我属于谁,谁又属于我?也许不过就是伪命题,看上去如此深奥而又神秘,悄悄拨动我的心弦。

在梦的旷野,我多么想是一棵葱茏的树,将你笼罩在一方绿荫下,既不孤单,也不逃弃。

因为获得你,我付出了整整一生。

青丝白发,银霜泻地。

夏夜就是一杯变暖的酒,充盈在巨大的杯盏里。我抚摸诗稿,独自饮醉,一座静谧的星空,围着我旋转、摇摆或舞蹈,风沙不紧不慢地吹平世界伤痛的道路。

不动声色的力量

走下去,坚定地走下去。哪怕在岁月的摔打中,我也想让瘦长的身影不再低垂。

迢遥的路途,通向哪里?

如果劈开天空,我是否还能撷取一缕激荡不息的回声,暂时告慰自己?而一枚嫩绿的歌谣自始至终没有熄灭,从眼睛里醒来,凝视着世界的另一头,爱着、活着,无悲无喜。

我曾穿越荆棘丛中,去采摘玫瑰;也曾跋涉千里,寻找一盏明亮的油灯。现在,我对生活充满了感恩、敬畏,只想安静地度过日子,过好每一天。

一滴水也有自身的重量,一个人也有不倦的孤旅。

时间的转盘,分分秒秒。也许原本无须有人指引,我坐在一列空空的车厢里。

没有开始,没有结束。

在这个夜里,轻轻吟念寂寞与幸福,忽然感到,我不再是自作多情,而又望穿宿命的人。

那些花儿

那些花儿,我允许它们一个劲地开,前赴后继地开。

因为它们,这个季节开始涨潮,就连美好的希望与思念,都是如此沉醉。

君再来,勿别离。

且在一丛花影中,做一只蜜蜂,吮吸甜蜜的内心,深深地扎下去,让燃烧的音符把蜿蜒的足迹彻夜照亮。

整个春天,我的叙述都是迟缓的,赶不上花儿动情的歌唱。在不绝如缕的颂辞里,那些花儿一朵朵抱住了我的伤口,炙热、暗香浮动,仿佛完成高贵的使命。

如果你走来,请不要惊扰我沉睡的梦。

还有红的、黄的、紫的、粉的花儿,和我一道守着内心的低语,无论你是否听到花开的声音,我都是黎明最先收集露水,并为幸福挡住灰尘的人。

蝴蝶手势

蝴蝶手势,像一声漂亮的响指,开在空中。

这种姿态,定格成一帧守望的剪影。从童年、少年、中年,直到老年的时光中,慢慢隐去。

一只又一只的蝴蝶,在我的梦里飞翔。

天地之间,它们是沉默的舞者,从容而华丽,把重重叠叠的苦难留在了身后,不知疲倦,从一个人的旷野到另一个人的视野,怀揣着寂静的风暴。

正如人生某种状态,总是游移、模糊,而又无法确定。

它们的手势,一次次敲响我的头颅,叩痛我的灵魂。

曾经遭受的伤害,我早已丢弃。在一场旷日持久的热爱中,最终发现,我所期待的是另一只蝴蝶,迎面飞来,与我抱成一团,在红尘深处相逢相拥。

铅华洗尽,云烟飘散。

我护送蝴蝶,与瓦蓝的天空融为一体。

你站着就是大地的背影

小小的你,在时光的器皿中,微微晃动。

一粒沙,推开了所有的门,但唯独不能洞穿你的心扉。

你临风而舞，一个人的苍茫，可以入土为安，可以化身为露，可以和风、一些鸟、一群羊、一盏灯火融为一体。

在朝圣的路上，我渴望看到天地之间，奔涌着澎湃的生命。

从不否认，我们被无形的鞭子狠狠地抽打着。总想把你包围，任我独自承受时间的责罚。爱着你，却又无法走近，你怀疑我的忠贞像一场灾难。

多汁的春天，远行的人，我大声喊着你的名字，你又可曾听到我的呼唤？

我动用所有的味蕾，去尝尽世间的悲苦，只为你留下红灼灼的花朵。

让无穷无尽的眼泪流向你，汇聚成海。

让绵延不绝的流岚缠绕你，磅礴成雷。

——我只想轻轻地为你系上一条月光的纱巾，从此不再寒冷，破茧而去。

庭院的月季

它的美是放肆的，哪怕不为人所知，它还是让快乐释放出来。

颤巍巍的样子，多么柔弱。仿佛风一吹，它就会倒下。但事实上，我们必须提防它反抗的力量，比如一个迟来的季节,就要遭到它的遗弃,义无反顾,等待下一次轮回。

穿过时间的夜曲,在它的唇上,甜美而忧伤。

爱一次,伤害一次。我们都从风雨中,走到夜的另一边。

一群蜜蜂飞过来,毫无顾忌,获得了某种满足。而它呢,又能怎样,对着倾斜的天空,流淌着最后的芬芳。

谁和它一道颤抖,谁就是把幸福埋在心底的人。

啊!让我擎起阳光的火把,居住在它光明的殿堂,给它的燃烧,再增加旋律。

一个宁静的庭院,我是孤独的天使,这是否就是我熟悉而又留恋的风景?月季悄然无声,我亦是。唯有淅淅沥沥的梅子雨,慢慢地飘下来。

这片湿地

这片湿地睡着了,梦中的芦苇一节节长高。而荻花迫不及待,一夜之间白了头。

它们在大地母亲的宫腔里,芬芳的泪花开在毛茸茸的阳光下。一曲苏醒的歌谣,嘹亮而清澈,把天空让给洁白的云朵,还有深深牵挂的人。

请原谅,我的记忆,铺满无尽的相思。

沿着湿地纵横的走向,谁又能打探思念的气息?芨芨草摇摆着柔嫩的身子,它的舞蹈总令人心潮荡漾。大雁还在迁徙的路途,这最后的家园,红尘以外,感恩之情油然而生。

芦苇高过我的身影。

我重新打开页面,寻找隐隐约约的堤岸。

秋天蹒跚着走来。这一刻,我多么想是一枝芦苇,在风中绝不低下沉重的头颅。

有一行歌,我始终未曾抵达,但又没有放弃。

我是丛林里奔跑的王

从内心出发,我是否能唤醒虎虎生风的吼声?

今夜,啸傲丛林。江湖险恶,是非之地,我攒够力气和疼痛,只为了放养滋生的孤独。

多年了,我善于隐藏,在一个词语里打结,盘旋,挥之不去。而现在,我可以尽情地舞动斑斓的身姿,蛰伏的洞穴响起喧闹的声浪。

我是王,不惧怕任何猎手。

无须结伴同行,无须闭紧牙关。这个唯一的王,多么美妙。

猛兽悄无声息,静得出奇。

我所看见的,露珠闪亮;我所听见的,只有一个声音不可抗拒。像夸父追日,我的奔跑同样不需要承载任何意义。

巨大的气流或旋涡,一口喷薄的叹息。

我属于自己,属于星辰背后的故乡,属于涅槃的传说!我始终相信,已经苦苦追寻的一生,一座丛林就是我的王冠。奔跑吧,一团沸腾的热血。

时间的台阶

> 当初我们都在流泪,一起浇灌沉睡的花蕾。

时光歇在树叶上

我不否认,在最高的一片树叶上,小小的心脏正在跳跃,承受着微妙的挤压。它欢乐的歌唱,带动我飘起的黑发。

必须放慢行走的速度,必须学会赞美,让一团呼吸低低地敞开。在这难以描绘的时光中,一件素色衣衫,怎能挂住轻薄的泪水?

如果此时有一只小鸟飞来,那么,我相信另一只鸟儿托起爱情。一阵风掀动树叶,嘘!这慌乱的幸福,早已传遍我的全身。

我庆幸,没有看穿事情的全部真相。就这么一点,我呵,和更多的命运一样,被谁击中了软肋。

像是一只受伤的蝉,听风听雨,而不闻其声。

意外

谁能看到,意外,总在前方的某个角落,等你。稍微一不留神,它就会露出狰狞的面目,在你踉跄的瞬间,也许嘲笑轰然响起。

我和你,一同奔波。每天,我们都要经过黑暗的甬道,甚至一起在文字中穿梭。为什么,像一架老旧的风琴颤动不停?

一些音符落下,又有一些音符升起。在这不变的曲调里,反反复复。我记得你的微笑,但你是否想起我腼腆而清秀的脸庞?

而一种意外,其实早已夭折,只是当初我们都在流泪,一起浇灌沉睡的花蕾。

时间的台阶

我一步一步,登上黑白琴键般的台阶。这么多年,我一直这样走着,从来不去触摸生锈的栏杆。

我要回到钟声的内部,让滴答的雨水穿过沉默的胸膛。如果放弃,就再也拢不住阔大的风声,直到坠入黑暗,或无边的苍穹。所以现在,必须端正将倾的身影,在漫长的时间中,绝不妥协。

请跟上我的节奏,让我与你一起抗拒寒冷与孤单。那颗包裹的心啊,在幽深的隧道之间,始终是一盏最亮的灯,默默闪烁,守望着忠贞的爱。

我布满的柔情,像从岩石上提炼的花朵,从钢水中熔化的铁,从葳蕤新绿中勃发的芽,把每一秒的歌声都送到你的耳边。

趁寒霜没有封锁窗台,在比秋风还醉的爱里,我们彼此怀念,与时间一同走远。

我相信

我相信,并不是有意和生活格格不入,像一块冷铁浸入水中,而不发出惨烈的痛叫。

我相信,一头狮子也有它自己的忧伤,只是在迅疾地奔跑的瞬间,它面露沧桑,显得多么尊严与高傲。

我相信,我的诗歌越来越说不清,它的源头与去向,究竟是怎样跌跌撞撞,一路仆倒。

我相信,一个孤独的人,必须战胜自己的心灵,如同堂吉诃德,把旋转的风车当作巨人。

我相信,我的爱悄无声息,像日夜流淌的河水,从不停止,在岁月中尽情歌唱。

我相信,时光还在等待,影子从另一个角落追赶而来,它是唯一切开我睡眠的人。

月亮是我唯一的面孔

在天地的尽头,我听到内心的轰鸣,正倾泻万里。当我被孤独桎梏,我总是声嘶力竭,像一头受伤的狼,在荒原,向着远方,发出哀鸣。

在你的面前,我要抖搂所有的风霜,尽情地痛哭一场。我知道,这是月亮打翻了漫溢的芬芳,祭奠神秘的图腾。只不过,恰好被我碰上,一个人没有援助,拯救着溃堤的灾难。

我想象不出自己是怎样穿过昨天,还有现在如此羞愧的失态。你默默地打量,我这个月亮失散的子民。

此刻,越来越暖的火焰,正把我燃烧成一只幼小的彩蝶,翩翩起舞,让我不从道路返回,而从洁净的天空撤退。

期待一种声音

一种声音想要平静,必须先撒开蹄子,在四野狂奔。

即使世界很辽阔,远方很温暖,它还是要回到诞生的起点。

它怎能让小小的身躯,一寸一寸地凉下去,或是让一颗孤独的心,在绵延的青草之中,匍匐而上?

它激烈的挣扎,不需要任何理由。恍若我的灵魂,面对庄严的雪山,可以冰清玉洁一次。

如果尝尽了世间所有的悲欢,我是不是也随同这声音,在秋天的眼眸中,结成圆硕而晶莹的露珠,把苦难的日子一遍遍点亮?

目睹一块石头

石头就在前方,如一个怪人。它是恶意的存在,还是善意的提醒,我绝对不能视而不见。

它究竟生活了多少年,还需要多少风霜镂刻脸庞?它沉默的内心,为什么坐在黑暗中,像一道越来越深奥的命题?

现在,我要是抛弃了它,在风中走远,我是不是该回头深深地看一眼,它会不会迈出笨拙而迟缓的脚步,悄悄地跟上来?

它往哪里去?在这茫茫岁月中,它面对时空寂静的回声,一言不发。

我爱上这缓慢的速度

不是我表白,从一株樱树下走过,总想着几片花瓣,轻轻地落到我的肩上。似乎这样,我可以拥抱繁华的春天,没有落寞和愧疚。

我不需要抱怨,或是焦虑不安。对于流逝的时光,我也不必寻找微温的怀念,像雨后的黄昏,用自己的清白证明存在。

当我发现珍藏多年的记忆模糊之后,也无须惊慌。就让一群飞鸟,驮着我的背影,在高邈的苍穹,辜负大好的河山。

一旦越入了镜子,在皱纹之中,我仿佛是一圈涟漪,请把痛苦慢点散开。

想象一场雨

想象一场雨,无须想到诗歌,或者邂逅撑一把油纸伞,款款走来的女孩。

如果此刻,我放下疲倦的包袱,那多么幸运而又让人欢喜。它们晶莹发亮,落在我的眉毛上;这轻盈的舞步,多么崇高、自由,带动一个人的飞翔。

除此之外,我似乎有了隐隐的期待。当雨水消逝过后,我希望拥有足够的精神和气力,像刚刚诞生的青草,把成长的苦难当作一次温热的洗礼。

我不会纠缠自己,在雨水中,我的一生还有很长的路要走。

我的记忆闪着微光

从一场漫天的大雪走出,我的脚下踩出咯吱作响的声音。像小兽的出没,飘忽不定,但不能否认,我丢在了广袤的深处。

这皑皑白雪,一直铺展到世界的尽头。我注定要到山冈高歌,把内心的悲怆倒个干干净净,还自己一个自由之身,清白之魂。

我怀念,并固守于这样的记忆,一切没有遮拦。我愧对痛苦,失去存在的意义;我打开书简,剥落干涸的墨痕,一张白纸,闪烁着淡淡的光。

是的,绝不让一根刺,在头颅驻扎,仿佛它是一生的敌人,吮吸着热血。

我动员所有的力量,阻止这一寸一寸的进入,把沉默归还大地。

寂静的天空

~~~~~~

一枚钉子,把我按在雪白的墙壁上。

~~~~~~

声线

独坐着,一支乐曲在耳边缓慢地旋绕,似乎一只蝴蝶,飞来飞去。

仿佛我的存在,本身就毫无意义。对于秋天的热爱,我不比诗歌多几分;对于尘世的赞美,我需要保持足够的温度。

一颗微弱的音符,像一枚钉子,把我按在雪白的墙壁上。

就连影子也在努力挣扎,但又怎能打开扭结的声带?我拼命地喊出了一声,那空茫、轻逸的回音,把我吓了一跳。

我对自己的呼唤,如此陌生而又怀疑,并将继续怀疑下去。

一个下午的泡沫

这么多年,我一直试图跟上时光的步伐,坚定,从容,不缓不疾。

事实上,这是我向往的姿态。守在岸边,我又如何不被风浪卷走?

我的身体似乎缺少了一些东西,比如一块冷铁、一粒盐,相互摩擦与交融,彼此排斥又渴望,与我有关,制造一场思念的灾难。

所怀念的不仅仅是一个名字、一件事情,我没有过多的力气,承载已经消逝的浪花。

一个下午,像一座礁石,在狰狞的面相背后,还紧紧地挽住一圈又一圈的泡沫。

在故乡,你该怎样转身

转身的时候,一不留神,被袅袅的炊烟呛了一口,很多年,我都期望着幼小的胸腔不再颤抖。

可是,春天一次又一次来了。我常常梦见飞翔在油菜花地里,如一只蜜蜂,忙碌地搬运着雨水和甜蜜的幸福。当我醒了,折断的羽翼又在哪里?

我淤积的忧伤,很轻很轻,怎能捧住守在村口的老槐树,挂着的一滴露珠?它欲落还休的样子,比我的眼睛还要透明。

故乡啊,你让我的心在泥土发芽。年复一年,朝着你扬起的风向,我渴望一个怀抱,深深的,不离不弃。

慢动作

把一张旧日的唱片送到旋转的位置,慢下来,请再慢下来。

我要看到一些飘忽的身影,渐渐清晰,像水汽漫过一样,还袒露出一团花萼,爆裂地尖叫。

慢下来,我相信我是夜晚的分支。无论走得多远,我都能听见无声的呐喊,在风中,奔波之后,飘落到我的唇上。

我用力吮吸着生活的芳香,还有一枚包裹的痛苦。两排牙齿伤害的现场,早已被打扫干净。

让行走慢下来,哪怕像一朵云挂在树梢,也要成为月亮的一条纱巾,在这大地上,我不再是唯一孤独的事物。

后退的身体

我把身体分割成两半,一半交给白色的闪电,还有一半拴住奔跑的马匹。

当我的目光与你遭遇,请原谅,它已不再迸发飞溅的火花。微凉的沉寂,像井水一样摇晃。

对于辗转多日的异乡,我不会刻下自己的乳名,单薄的身体亏空很多,贫瘠的内心,养育不大一把可爱的笑声。

只想从天空撤退,如一场燃烧的雪,退得干干净净。我的离别,不是前进,而是回到二月的枝头,和嫩绿的叶子一道轻轻翻身。

一个毛茸茸的梦,让我仿佛多活了一次,亲爱的家乡把我种在春风里。

九月之末

这里刚发生过一场风暴,但很快就在我的眼前消失,仿佛不曾从我的内心卷走什么。

也许在某个旷野,它抱着一棵孤零零的树,一起猛烈地摇晃。究竟是谁涨红着脸,为了一次久久的告别,哆嗦着挣扎?

这温良的九月，我不能指责这积怨越来越深。看啊！落叶迈过膝盖，大地一片苍凉，在稀薄的空气中，是否应答昨日的呼唤？

如果就此离开，我确保不再请求天空敞开道路，菊花照亮天涯。一个暗夜离去，又一个黎明新鲜地升起，我要写下最后的挽诗，在一枚压扁的枫叶上，让秋天的眼神静静凉下来。

故事里的树

我确信，这棵树有着温暖的身体。它在长久忧伤的故事中，那么多叶子簌簌抖动。我坦然相对，却一再被它的歌唱，带到远方。

肯定有一个主人公，不忍离弃。他默默承受着抵抗，像一滴水墨，落入时间的长河，不是为了倾听岁月的回音，而是在这阔大的静穆中，找到自己。

他似乎漠视我的存在。一棵树和他的距离，渐行渐远。我也被挤到一旁，像一截横在半空的树杈。存在与消逝，仅仅是眨眼之间剥离的一颗泪珠。

多年之后，我是不是恍若他一般，把痛苦嚼碎，把流云赶到自己的怀抱，在幕后拉长树的身影？

一生中的某一天

一生中的某一天,注定要到一朵紫色的花下,放慢步履,那时我踮起足尖,不必担心,风将我吹倒。

一生中的某一天,多么庆幸,看见了自己不易察觉的微笑。像影子与我,此消彼长,在大地上忠实地行走,而不多言。

一生中的某一天,要在一首诗歌中流浪异乡。无论经历多少改变,我蹩脚的方言,终于完成了最后一句诗行。

一生中的某一天,还是不能从这扇窗口离去。我始终相信,一团如火的身影,将我烧得肝肠寸裂,带着满腔的疼痛与幸福。

一生中的某一天,也许正在到来,或是提前谢幕。如一株稗草,站在田畴中我只想把阳光雨露揽在怀里,不被外界戳伤。

寂静的天空

寂静的天空,我的嗓子收留一滴清脆的鸟鸣,我的影子拖走一枚奔跑的闪电。现在,只剩下一颗心,在仰望天空。这辽阔而轻微的孤独。

我不能挽住亲人们的笑容,也无法喊出他们温暖的名字。那么,请容许我试着改变白云流动的情节,或是删去秋风中的羽毛,我要用匍匐的身体,去弥补一个被时光撞击的黑洞。

从没有感到天空的内部像今天这么空。马群远去了,海豚消失了,一只纸鸢还不忍谢幕。我想起一株树的诞生,就在一刹那,它可以高过屋宇,让我的手臂重新绽放无数朵新芽。

这个时候,我拒绝独自成俑。在干净的深处,梳理着自己斑驳的纹路,流下感恩的泪水。我相信,一团隐隐的鼓声,无须庆典,它也会松开一根潮湿的缰绳。

我有更蓬勃的野心

我有更蓬勃的野心,找出沉睡千年的青铜剑,蘸上热血,在灰暗的天空,让它对着太阳,让它被风反复吹去陈旧的历史;让它的锋刃,为我的一根头发重新闪亮。

我必须与划过的声音保持一致,它的光芒遮住我的眼睛,或是扫过影子。我无路可退,要有大无畏的气概,要有一颗伟大的心,与它对视。那轻轻的一挥啊,多么叫人期待!

从前,我意气风发,卸掉身上沉重的盔甲,既不快乐,但也没有多余的悲伤。而现在,我有更蓬勃的野心,多想吹响骄傲的口哨,让我不再讨论生死,随遇而安。

这浑然天成的古剑,被泥沙掩埋。无论岁月如何颠簸,它还是深深地扎进体内,我要拔出来,做个决斗和了断。这一刻,谁也不知道我的龙吟,和它如出一辙,兀自盘旋却失去回荡的声音。

活着很好

我的生活像一湾河水,缓慢而安静,无论流淌到哪里,都可以看到,几块石子、几株水草,一如从前,没有被时间巨大的胃口吞噬。

我仍旧在词语里穿行,在风中抬起倔强的头颅,如果远处送来了一阵桃花的芬芳、玉兰的清香,我抱着疼痛,大口呼吸。哪怕一朵一朵花瓣,在雨里漂浮着孤独。

我要用枯萎的激情,捻亮小小的火焰。在越来越沉重的命运压迫之前,必须停下想念,放声歌唱,让自己洁净如玉,释放最后的美丽与能量。

我依然活得很好,要这薄薄的诗行,习惯我的语调和步伐。

最后,我祈求——

在一束光中同行,我还喊出你的乳名,你还记得我的绰号。

我不能抱怨这反复无常的生活

无非随时纠正姿势,不能像坐井观天的青蛙一样,做一个孤独的思想家。

无非看到将来的一幕一幕,在我的面前,抖动不停。那些伤感或气愤的事情,早已尘埃落定,即使风更猛烈一些,也不会把它们吹起来,吹得高高的,落入我的眼睛里,让我情不自禁转过身去,从萎缩的泪腺,揉出一股清泉。

无非是把压在胸腔的一块石头,抛到空中,那些微弱的回音,我想无人响应,也毫无遗憾。我庆幸的是搬起石头没有砸自己的脚,我不能捡了芝麻,丢了西瓜。

无非在火热的生活中,像一只蜂飞着,我吻上了幸福的汁液,但还必须继续深入,用一根刺,插向自己的内心。多么可爱的时刻,那最轻的颤抖,竟是这样令我羞愧,仿佛很多年紧绷的防线,突然断裂。

我丝毫用不上一支鹅毛笔,蘸上我的鲜血,在时光的布匹上写下忏悔辞。

这生活,与我狭路相逢,勇者胜!

这生活不紧不慢,正如一列爬坡的火车。

我怀着深深的期待,等着另一个还在奔跑的自己,被我征服。

隐喻或呈现

> 在白雪的包围中,解除无声的抵抗。

后来

少年时,一接触颓废,我的双眼晶莹发亮,并怀着一股深深的敬意和畏惧。

而现在,我想到颓废,就不由得在风中加快了速度。

但是不知道,在暮年时,在暖暖的阳光下,我是否能忆起,它站立在茫茫大地,投下一片斑驳的树影。

我只能用平和的手掌,拂去它沾满一身的灰尘,抚平一颗被岁月慢慢掏空的心。

秋风辞

将这些细小的幸福,抖搂出来,大地一片辉煌。我不能怀疑,在这一小缕风声中,包裹着孤独的火焰。

我爱着的、记忆的事物正在复苏。比如一只蜗牛翻过了叶子,一群蚂蚁扛起暮色,一道霓虹挂在窗前,还有一些花朵悄无声息地落下。

我不断校正自己的方向,像是雪亮的犁铧,默默地从心野碾过。再远些,谁早已拒绝缝补一个破碎的梦?

在秋风吹拂的天空下,不说爱,不说想念。哦,这样就好。

大雪

一片雪还没有来得及融化,很快,一团又一团雪花铺天盖地,沿着神秘莫测的方向,狠狠地砸下来。

整个世界,似乎尚未做好迎接的准备,人群加快了步伐,还有那么多的树木,集体抗议。这骤然来临的雪,让它们必须承受一份无法估量的压迫。

大雪从不理会,把灰暗的苍穹到无垠的大地连接在一起。一个人、一只鸟、一片灯火,一杯茶、一支歌、一段怀念,在白雪的包围中,解除无声的抵抗。

如果我辗转的诗行中,有一颗雪子,呵呵地笑着,请不要怀疑,我有足够的耐心与热力,从中慢慢地挤出一滴血。

像是幼小的梅花,对着亲爱的人——最先敞开甜蜜而羞怯的脸庞。

劫

很多年了,一道漫长而无形的绳索,没有能力拴住我的脖子,却把我的心,一圈又一圈地缠绕。

我似乎不能呼吸,就连潮湿的泪腺也变得龟裂起来。对于这个伟大的对手,我保持敬意,它藏在最深的角落,目睹我的痛苦,一言不发。

我遭遇着一场奇怪的战斗,无论怎样解放,从不知道新生什么时候开始,就早已结束。总是重复不变的动作,把自己捆绑,松开。

也许时间就是这样,它让我的希望一次次幻灭,又让我重怀理想与美德,在千百次的突围中,醒了,暖了……

变质的叙述

我坐在夜晚,没有哀伤,除了若有若无的叹息轻轻回荡。我究竟需要怎样的力量,从原地一弹而起?

一个丧失方向的人,看上去那么无助,像一块豁口的石头,横亘在岁月的咽喉。如果我走近,恰逢其时,彼此都会相视一笑。

不过是三尺的距离,不过是一根烟的时间。为什么,我的脚步缓慢而沉重?那么多急切而慌张的想念,落入了草丛。

幸好,我跟随一只萤火虫,这幽香的身体、暖暖的光芒,让我爱得如此陶醉又心疼不已。

所有的歌唱,终归在灯火的深处,收拢翅膀。

莫须有

从第一声蝉鸣开始,这个夏天逐渐火热起来。总是怀疑这些寂寞的歌者,怎能身居风声之上,凭空拯救来去不定的孤独。

它们在午夜时分,抱住树木,一声高过一声,似乎很快就要戳穿我的耳朵。

如果它们能稍微安静一下,我想这瓶酒,也不会眨眼之间,就空了。我要在它们此起彼伏的叫声中,找到和我同样的心跳。

一只小小的蝉,就这样,在一个人的体内,像是膨胀的器官。

清凉的日子

我愿意保持沉默,如一个冻伤的琴键。无论拥有怎样的温暖,始终无法打开它洁白的牙齿。

它紧紧地咬住时光又白又嫩的身子,它抗拒着记忆回落、挣扎,以及迅疾的飞翔。

在雨水的另一边,我相信面对依然清澈的想念,无须惶恐不安,像一滴雨挂在檐下,欲落还休。

清凉,我眼睛里的泪光。微霜散开,大地披上银袍。

我承载着苦难的诗篇,所有的激情与梦想,被一匹老马驮着,渐行渐远。

局部

这是多么残忍,我已经把它揭穿。痊愈的伤疤,被我最后冷冷一瞥,又重新渗出血丝,多少暴露我丑陋的嘴脸。

我捂住自己的心跳,生怕它在低沉的吼声之后,弹了出来。像一片树叶飘落,我一直陷入不停的摇摆,需要一种平衡。

每一次,都是和无形的我相互较劲。这一下一下的撞击啊,我怎能看透无穷的力量正在消弭。

毫无疑问,它一旦被风推动,我所有的抵抗都是扎在大地上的木桩。

还有什么不被伤害

长长的烟灰落下来,在手指之间滑落,有些微小的声音,在尖叫。

说老就老了,还没有好好地看一眼青春的模样。昨天,我的双脚跨过了岁月的风口,似乎没醒悟过来,我突然停止怀念,按下一切无知的欲望。

我不能抱怨,雪地里奔跑的野兔无处觅食,青嫩的小草被泥泞蹂躏,明月失去血色,钟声里的黄金,抵达不了一座幽闭的花园。

我注定无法独自远行,只能牵着黄昏的灯光。感谢上苍,赐给我良辰美景,还有暗自颤抖的良知,像秋天的果实露出绯红的脸庞。

这个尘世还有什么,让我留恋、彷徨,并且深怀忧伤?在一场漫无边际的大风中,除了护住你的笑容,我仅剩下一颗真诚、善良和可以触摸的心。

从现在起

从现在起,摊开一本诗集,读或者不读,都没有关系,自有一些闪光的音符,轻轻地歌唱。

我不会诧异某个诗人,在神秘的时间隧道,来回穿梭,也不进入他的睡眠,去俘获一束浅蓝色的花朵。

只要我在诗歌中央,让悲悯的雨水来得更猛烈,让美好的事物,像一块白石,浮出夜晚的湖面。

从现在起,我不落泪,不许愿,静静地活着……

诗歌中的一切越来越恍惚,而日子还在前头,每一缕微风都剥落了岩层般的内心。

巨大的隐喻

它从来都是这样,躲在时间的深处,忽冷忽热,甚至比一只蝉,还善于运用诡计。

它看到我的悲伤,也见证我的幸福。一群蚂蚁驮起米粒的山脉,在暮色下,多么壮观,去向不明。

有时候,它在北风中呼啸,发出深沉的呼喊。谁又能抓紧它小小的手臂,向前飞,而不沉沦?

我召唤着它,却又分明加速抵抗。

也许,失眠的诗行,还流淌着一汪泉水,我永远不能看到脆弱的真相。

给一百年之后的我写封信

给一百年之后的我写封信,告诉自己,这个人曾经来过。像一根茅草,站在遥远的地平线。

它弯下身子,恍若要接住一颗松果般的落日。

如果读到这里,他暗自嘲笑。那么,请原谅,我不会向他道歉,也不祈求,他能够无私地宽恕我的卑微与欢愉。

我必须和他保持同一个姿态,岁月教会我的,我也毫无保留地交代给他。活着是多么美好……

千万不要如嫁接的苹果,催生多变的汁液。给一百年之后的我写封信,我的眼睛温暖,心灵一直惧怕寒冷。

低语的乡村

> 站在废墟里观察阳光,是多么悲伤的事情。

沉睡的房子

一共是四间房子,三间朝南,一间朝北;一条浅浅的小河从门前绕过。

不用多说,就知道这是我童年的老屋。一直以来,它总在我的梦中,若隐若现。有时候,我看见它的墙角似乎有了一丝裂缝,但它只是笑着点点头,让一株牵牛花搂住根基。

子女四处流离,房子还在苦苦支撑。它就像一朵悬浮的云,在我的眼窝,飘来飘去。

只有到了夜晚,它才收拾一天的灰尘,让我回到最初的角落,如一柄生锈的锄头,在暗处一点点闪现微光。

忆

请让我停止流浪,请让我在一朵花蕊中含苞待放。现在,我只想静静地体验一回甜蜜,像蜜蜂一样贪婪,吮吸着芬芳的血浆。

我爱上了在桃树下来回走动的少女,情不自禁地走过去。我要看看她的微笑和唇语,是不是如我所想——

忍着微微的酸楚和可怕的力量。

如果可以,我愿做她脸上的一块雀斑。她每天必须面对我的存在,真实、有力,无法拆散。但我不会看着她年轻、漫长的忧愁而满不在乎,我会迅速风化。

甚至就是一个缥缈的梦,彼此未曾相见,早已形同陌路。

低语的乡村

起初我不赞同知了是乡村多情的歌手。

后来去过许多地方,无论走到哪里,我的耳郭旁边,仿佛总有一只知了,在不停地叫着。它用一根看不见的刺,扎进我的血管。但我没有惊惧、恐慌,反而听到了它的喃喃低语,随同树叶一起抖动。

它是那样有力,大风也无法撼动。即使我直接面对,它还是如此安静,像一尊可爱的小兽。先是一只知了,过一会儿,就是一群知了,散落在乡村的四面八方。

它们年复一年,唤醒阳光、雨露,还有满腹的爱情正在欢唱。

危机

这里刚下过大雨,道路泥泞,一头老牛在坡上抬起头来。

这里光秃秃的,什么都没有。就连一蓬野草也在三米之外的地方,疏落地站着。

我遇见这头老牛,正在蹒跚着攀登,默默平息内心的愤怒。它一步一个脚印,从容而又稳健,每一下响起的蹄声,都仿佛落到了我的心上。

还有它打着响鼻的热气,将这个乡村的清晨,渐渐温暖起来。

它终于渡过了一场危机。我庆幸,我是唯一与老牛同行的人。只是当自己面对艰难,一想到老牛湿润而又幸福的目光,我就倍感羞愧,我的步子越走越慌。

废墟里的阳光

我敢肯定,站在一堆废墟里观察阳光,这是多么悲伤的事情。

事实上,很多年以前,这些破碎的阳光,就在我的脑海挥之不去。我被惊呆了,却又无力拾取它们的骨肉。

一朵阳光与另一朵阳光之间,有着某种神秘的联系。它们欢快地跳舞,像水妖的长发,无穷无尽,聚拢而又分散。

当然,我拒绝清醒的记忆,情愿它们就这样,在一场大雾中慢慢散去。我如同一根三叶草,细小、甜蜜并深深地孤独着。这片倒塌的废墟,正是我养育思念的牧场。

那一天我独自流连,又轻又薄的阳光灌满内心。我只有与它们靠得更近,才能看清远方,像美好的生命一样,脆弱而安详。

时间的面纱

~~~~~~~~~~~~~~~~~~~~~~~~~~~~~~~~~~~~~~

一丛草茂盛了,又一丛草失去了影踪。

~~~~~~~~~~~~~~~~~~~~~~~~~~~~~~~~~~~~~~

沙漏

沙子徐徐飘落,让时光的器皿一无所有。

我坐在夜晚的深处,像一架古琴,被风吹皱。一切都是空的,就连所有的骨架也是空的。

昨天、今天和明天,我想问问自己,是否还有决绝的勇气与光芒?

如蝶,微笑着翩翩而过。

荒芜世事

一丛草茂盛了,又一丛草失去了影踪。

如果你看到了这么多,请不要惊诧,也不要狐疑不定。

我一生所爱的、所恨的,就是不断重复!一巴掌拍下,如小小的皮球。

高高升起,低低落下……

微凉的你

很多年了,你还是静静的,瓷瓶一般,站在某个角落。

羞怯的脸颊,被淡淡的忧伤笼罩着,像一层奶油。如果我吻干了,你会不会怀念我湿润的唇,还有一颗颤抖的心?

在你奔跑的身影中,我逐渐凉了下去,更像是你的善变与诡计。

时间的面纱

我需要在纸上,画下时间倏忽闪过的尾巴。

椭圆的、长方形的,我练习了无数次,还是没有摆正端庄的姿势。

　　似乎一旦看透了,我就没有恬静与从容。在它的面前,露出破绽,像一枚愤怒的钉子,扎在墙壁上。

　　很快,闪亮而卑微的身躯,越缩越紧。

飘色

　　在需要拐弯的地方,我不会用劲挣脱。
　　如一块鹅卵石,无处晒干潮湿的思念。
　　一场雨水即将抵达,我吹着口哨,放大着内心的美好,悄悄地听到一个声音。
　　想想,再想想——
　　比如满世界的噪音,要是安静一会儿,我会感激不尽,穿过一小缕微弱的光。

岸边的房子

　　这一定是白房子,白得纯洁,白得耀眼,恍若一株白色的蜡烛。
　　多少年了,它静静地守候。
　　一道清澈的溪流,穿过它的门楣。
　　我是它唯一的情人,像一根芯,在腹内流动红的光芒。

低处的视线

在目光所及之处,我祈求你的身影,早日出现。

像一串气球,被思念的针戳破。

我需要拢住一小片天空,播撒前世的琴声。无论身处何方,我都被漫无边际的忧伤——

溅了一身。

醒来

我肯定比鱼肚白的黎明先醒来。

闭着疲惫的眼睛,不愿睁开。我的灵魂暂时没有长上翅膀,轻轻地飞掠万里河山。

现在,我正如一辆抛锚的越野车,在荒无人烟的戈壁上,等待救援的到来。

秘密交换

仿佛被烈酒呛了一口。

我还没有吐出禁锢的花朵,又咽了下去。

它不需要开放,就已经凋谢。

那些战栗的、惊慌的,或许是柔软的,蒲公英一般,谁能追赶它们的姿态?

招摇过市

如今,我在大街上,像一只蚂蚁,孤独而卑微地行走。
就连调皮的风儿,也不会找出我的破绽。
但是我多么愿意敞开自己,把温暖的体温散尽。
直到我大步摇晃,擦肩而过的人闪躲一边。

春夜

一张纸,很薄、很脆。
在微微的风里,我看到的人都是好脾气。
他们不会陷入纠结,这失眠的夜。
如此精神,多么容易忧伤啊! 就在我的眼前,一小撮烟灰,丘陵一般高了。

有一次

有一次,我走得很远,似乎都看见了蓝色的地平线。
我的存在,越来越模糊。

如果就此失去记忆,或是停止思念,会不会明天,我是一位搬运春天的养蜂人?

在油菜花盛开的田野上,在雨丝里,也许还被小蜜蜂轻轻地刺过。

桃花是一盏子夜的灯

在走近和离开的时刻,我都被大风推搡着。

正如这株幼小的桃花,颤颤的,暖暖的,在尘世张开双唇。

它们什么时候凋落,我没有勇气凝望;只和它们久久地期待,把流溢的芬芳抱紧。

把夜风中飘荡的灯光一道摔碎。

叶子

这个春天,高大的银杏树,枝条摇摆着。

像少女的发辫,多么好看。好像幸福本身,就是这样轻松而自然。

就在一片又一片鹅黄的叶子中,我却听到了你的消息,凋谢的命运让疼痛蔓延。

正如亲人走远的身影,在天涯短了又长。

清明

如果我有魔术,首先要做的事情,是把淅淅沥沥的清明,从日历中抠出来,或是一笔勾销。

我害怕这个节气,从头到尾都是悲伤。

像冒失的雨,不知道如何抑制思念的拳头。

把一个个渐渐模糊的名字,在风中松开,直到腾空了我的内心。

坠落

将内心的灰烬清扫干净,需要多长时间?

将时间的青苔拔除干净,需要多少气力?

将冬天的枯枝燃烧干净,需要多少火焰?

倘若一口回答,请不要打扰我的安静,请让我爱得虚弱。像一口烟囱,在幽深的尽头。还有一小丁点的白,又软又硬。

踏碎

将这些补丁的线头,拆开来。一面破裂的旗,在风中霍霍作响。

我的行走和任何人无关,我的远方就在前面。

我是一个锈迹斑斑的铁环,需要越滚越亮。

而什么样的事物穿过了我的胸膛,无泪,无喜,无幻,无影。归于尘土。

那些幸福的事儿

它们打转、漂泊,去向不定。它们围着一炉火,比我的身体还温暖。

它们像一只只流萤,在暗处欢叫,拥有一厘米的星空。

它们拥挤在一起,从不凋落。比一滴露珠更要团结,圆润。

一想到它们,我所有的味蕾都要打开,慢慢地吻遍;记忆之脸,浅浅笑着。

透过无梦无醒的云雾

我怀疑,从未到过这里,为什么又对周边的一切如此熟悉?

甚至分不清楚一颗心与一枚星子,谁最先亮了起来。

而其实,还有一层微弱的气息。像一层细细的盐,一旦被风吹过,我会听到一团尖叫,现出孤寂的本相。

在退却之前,我一直睁大着眼睛,为了抵挡逼近的危险。

洒满阳光的土地

是我的神。自我哀怜的时候,我会默默地念着:"亲爱的,请别为我哭泣。"

在阳光浩荡的洗礼下,如果你走远了,我相信你还能够听到低低的呼唤。

像一张旧唱片,尽管彼此回不去了,还可以相对一笑。

因为爱,我们忘乎所以。因为感恩,麦苗之上就是我们的婚床。

与一束光同行

在夜晚,我把影子挂到衣架上。让他卑微的身躯可以舒展一下,无论他做着什么或是不做,我都不会责怪,也不会担心,他被风吹远。

曾经,在我的生活里,他热烈得就像一块炭,不停地释放体热。

现在,我的记忆失去准确的刻度。他总是抱紧我,也不说话。对于我的愧疚,他显得比我更加宽容。

隔着一盏灯火,他那么高大,我多么渺小,却从没有抛弃一束光,将彼此的背影,相互纠缠。

一点凝烟

这是在高挂的枝头,我在昨日的背影中,与它们迎面相撞。

这些沉甸甸的花朵,因为安静,所以芬芳。其实,我多么想与它们一样,风吹来了,瞬间走远。

像一只蜜蜂,疯狂地索取,而不带走,任何幼小的战栗。

在它们的背后,初夏的眼神静悄悄的。湿润、微凉,在我够不着的地方,各自悲喜。

加减法

我奔跑的欲望,既可以增加,也可以减少。

甚至转身过去,我的身后,什么都没有。唯独还有一个月光下的影子,在不断提醒——

忍让、忍耐、忍受。经过这三道关口之后,你会看到不同的结果。

无论它是圆润的,还是残缺的。
你都要爱着这一切,爱着自己卑微而清洁的心灵。

困

我不需要借助任何借口,一再强迫,给自己找到安慰的理由。
或许脑子是空的,岁月是空的。
我的魂灵是空的,呼吸也是空的。
唯有一对深深的眼窝中,寂寞如霜,遍布天涯。

风干的水渍

这么久了,我想抹去自身存在的痕迹。
把它放到时间的磨刀石上,狠狠地摩擦。像一颗心,对着另一颗心说话。
我就不信,无数次激烈之后,四处飞溅的火花,会摧毁我们。
带着陈旧的暗伤与微弱的力量,慢慢地飘升。

玻璃房子

让我们离开苦楝花紫色的毒。

让我们瞬间离开,直到远远的,在透明的空间里,喘气、默默无声。

那些发生的事情和正在孕育的灾难,我们都会置之不理,或是淡然一笑。爱就爱一回,恨也就恨一次。

一旦倒塌、崩溃,我们都能迅速地扶起来。多么美,一座转动的星宿,它依旧充满活力,属于我和你。

象形物

我有点急迫,像一匹马。走乱的蹄印,像一阵糊涂的风,揪着我的耳朵。

无论你在哪里,我都不能压抑自己的思念以及对你的渴望。

甚至,我想就是一个兵马俑——

一种伤害,已无须品尝。就在千年的领地,站着,活着……

还原

比如绳索,你不尽情地挥舞起来,它就没有精神。

比如跷跷板,你不稳稳地坐着,它就失去了平衡。

我必须长发遮面,在蒙尘的胶片上,你看到的恰恰是我模糊的身影,像一只飞蛾,向着光明——

扑翅而去。

行走的灯火

> 我会握住一把鸟鸣,在你耳边放飞。

1

无数只麻雀,穿过我的耳朵。瞬间,羽毛落了一地。

我竟怀疑,猎枪走火的缘故。

2

今夜的山冈,乱石培养了冷冷的打手。一弯新月卷起的睫毛,又轻又薄……

一条蛇正在产卵,另一条蛇向远处滑去。

3

我一边嚼着花生米,一边静静地想你。一杯酒,不知不觉就空了。

你来与不来,我都燃着了一把火。

4

窗外的风铃,闭上红润的唇。万物悄无声息,蝉儿发情般叫得正欢。

我握紧一个名字,直到手心渐渐渗出汗来。

5

微凉的白纸,刮起了一阵旋风。刚刚涂抹的字句,被谁偷走了记忆?

燃起的一支烟,早就对江湖不感兴趣。

6

行走的灯火,躺在眼睛里。人没有尾巴,影子忽短忽长。

扬州城,两挂耳环开始大摇大摆。

7

你有着老虎的斑纹,你有着韭菜的疯狂。你有着纯净的湖水,你有着万丈的深渊。

我一无所有,但不代表没有一小片闪电。

8

现在我拒绝歌唱。一遍遍擦去剑上的锈迹,越磨越亮,照得出一个清瘦的身影。

仿佛穿过了广袤的沙漠,我要大口大口地喝水。

9

我来迟了,没有看到疯长的紫云英。衣袂飘飘的往事,卷起了裤脚。

红裙子一样的日子,在风中奔跑。

10

多希望,我早点听见啄木鸟的叫声。在清爽的黎明,不再和虫儿一道醒来。

一圈圈的年轮,像剥不下的忧伤。

11

我在怀疑,风到底是不是往北边吹。这似乎有点奇怪,我爱琢磨没有答案的命题。

事实上,我像一朵格桑开在祖国的版图。

12

我不能停止悲伤,在机床上被车刀削过,无论棱角多么光滑,还是想起素面朝天的模样。

现在,我怀疑、忧虑,寻找另一个自己。

13

如果失去了你,我无法做到百毒不侵。我需要这些尖锐的刺,保护颤动的心。

一旦猛兽扑上来,我会首先把你紧紧地抱着。

14

你肯定以为我是逃避,比任何时候都更迅疾。我不想辩解,只用一双眼睛默默地凝望你。

如果你幸福了,我也幸福了。

15

大雨冲散了鸟群,把我关在屋内。远去的青山,不需要名片。

思念像一味中药,赶走我脸上堆积的色斑。

16

我的脑海中,经常晃悠着一头狼。好不容易找到石块,却找不到狼的踪影。

不把它消灭,就有绿莹莹的目光一直闪烁。

17

从相识开始,我只要一亩田畴。种上苜蓿,开成一片紫色的花海。

无论离别多么痛苦,我都把芳香留给你。

18

一千只鸟喊出春天,一万簇火光奔袭夜晚。从梦中醒来,我总为事物的矛盾而心神不定。

只是每次看我,都比前一天苍老得更快。

19

我是木讷的人,幻想把嘴巴变成大喇叭,整天围着你,不停地说话。

直到你厌烦了——或许这是离开最愚蠢的理由。

20

你不会相信,我如今不懂得哭泣。是不是伤害比尘埃还轻,是不是蚂蚁把我拖回巢穴?

在暗无天日的幽宫中,我像一只单簧管呜咽作响。

21

为什么刚刚开始,就要结束?看上去是个伪命题,一切不可捉摸。

我向远方飘去,爱上眼睛里的一片微光。

22

他们都在打铁,飞溅的火光灼伤岁月。我在研墨,一张素纸盖住分散的体温。

蛐蛐的叫声,不时捻亮暮色中的千万根琴弦。

23

风有几种形状,攥紧小小的拳头。我肯定,还有一种风不曾来过。

风啊,请吹散我的骨头!我会记住一头雪豹孤单的吼叫。

24

我嘲笑苦难,如悬崖的舞者凌空微步。吹响一只螺号吧,把多余的伤悲挤出来。

因为我没有学会退缩,像打桩机不停地夯实着记忆。

25

当你老了,我也老了。你是不是想到我,一只蜜蜂在雨天搬运香料。

最先我会想到你,每一秒都是甜蜜的报复。

26

我的耳朵灌满涡形的气流,像飞机的尾翼不断拉升。我惧怕失聪,用棉花抗拒席卷的嚎叫。

——始终无法向凡·高看齐,把耳朵当作自己的敌人。

27

我的左耳是上联,我的右耳是下联。额头横批,阡陌纵横。

要有多少风雨才能洗白,一副对联端庄如我。

28

从来没有喊声亲爱的,今夜我壮着胆子喊一声。哪怕谣言四起,哪怕你再也听不到。

我还是这样深呼吸,如冰激凌一点一点地融化。

29

风过后,是你温柔的眼。雨过后,是你飘飘的发。

一首诗歌过后,这个人如被伐倒的大树。

30

请不要拒绝,我向你一步步地逼近,像幼小的羊羔,满含孤独和善良。

我会握住一把鸟鸣,在你耳边放飞。

31

我对文字有着深深的自卑,如一场大雾锁住花园。需要多少气力和激情,才能清扫干净。

醒来或继续睡去,一只猫在屋顶上喘息。

32

在一支歌中徘徊,或多或少找到自己的音调。那些在炉火旁倦怠的笑容,已提前被我挥霍。

我的脸庞冷若冰霜,一场涌动的潮汐何时才能静止?

33

你见过白乌鸦吗,反正我没有。无须声张,总觉得一群白乌鸦躲在角落。

一边梳理着漂亮的羽毛,一边在太阳下自由地歌唱。

34

我常常幻想,自己是一棵行走的树。无论走到哪里,万千片叶子托起疲倦的身体。

有时我会低下头,流云带走黯淡的功名和红颜。

35

当衰老不可逆转,当灿烂的钟声锈迹斑斑。辽远的道路啊,已经淤积了厚厚的灰尘。

我弯下腰,挥一把扫帚不停地赶走寂寞。

36

一打雷,我就醒了。爬起来检查窗户,在屋内巡视。

索性抽一支烟,和咆哮的奔雷一同如释重负。

37

一整夜,有老妇人连续地抽泣。像失修的水龙头,一下子折断了。

我知道,今后这楼下的房子只住着她一个人。

38

刮台风了,一只小狗还在乱跑。一张总爱叫唤的嘴,没有发出可怜的呻吟。

它围着楼房打转,像主人手中滚落的皮球。

39

人犯点错误,才能回想起来感到后怕。我刚失手,掉落一个碗。

庆幸的是,这碗仅仅碎成整齐的两半。

40

我的眼前,被一片纱蒙住。在某个沉睡的夜晚,我使劲捶自己一下——

会疼的依旧会疼,像一排琴键找准音符的位置。

在光影中奔跑的人

~~~~~~~~~~~~~~~~~~~~~~~~~~~~~~~~~

我的心在低低地飞,并不回头。

~~~~~~~~~~~~~~~~~~~~~~~~~~~~~~~~~

光阴的故事

在冬日暖暖的阳光里,你坐着陪我,静静地,不说话。你的存在就像围在我脖子的丝巾,细腻、真实和温暖。

我们什么时候开始相爱?你的身影,还是那个雾气弥漫的清晨,准时出现在我的门口。我笑了,你也笑了。日子就这样相互搀扶,一路前行。

这么多年,记忆慢慢老去,爱还是像一簇燃烧的火焰,在嫩芽萌动。你在我的身边,我感到幸福,不用千言万语,也能挡住汹涌的风声,一朵最美的花,开得心很烫。

其实我们从没有说过爱情。我知道,就是问了"你爱我吗?",你也不会回答,只是用四十年的时光,带我走进一片辽阔的疆场,被你攥紧的手,悄悄传递温柔的力量。

亲爱的,就让我轻轻地喊出这一声吧。无论岁月如何流逝,我已经看见,春天万紫千红地走来,共同守候的季节,新鲜如初。未来或者更远,爱自由地呼吸,让我离你近一点,再近一点,被你吐出的热气包围。

在光影中奔跑的人

在光影中奔跑的人,比风还要快。他最先抵达我的面前,带着一脸嘲笑,我无法保持安静,想伸手抓住这个又丑又坏的孩子。

他蹦蹦跳跳地穿过白昼与黑夜,飞翔,是另一种欲望。一座江山,让他张开左边的翅膀,沿着光明的阶梯上升,右边,陷入深渊。

他夹在中间,没有意识到堕落的危险。年轻的心——洋溢着抑制不住的欢乐,在时间铁青着脸的气息中,不落痕迹。

他是十年前的我自己,无所畏惧,一路捡拾破裂的碎片,而从不扎手和流血。现在,我缩着胳膊,对什么事物都心存排斥,常常不是跌倒,就是留下或深或浅的伤痕。

直到今天,我还是拒绝微笑。看一看他在奔跑、吹口哨，我对自己陌生而又怀疑，满怀空空的伤感，在大地上疲倦地仰望蓝天。

岫壑浮云

如何捧起你高邈的火焰，给我一束温暖的光明？远空寂静的黑洞深不可测，我还剩下一丁点的恐惧，一直徘徊，在这茫茫的尽头。

岁月的风声，一口口咬着微红的果实，沉默的疼痛，被小虫不停地拱着，但发不出一丝可怜的叫喊。红尘与土，哪一个埋葬着我的青春年华？像浮云，聚集着多少火热的目光，又被谁无情地抛弃？

今生，我从你的身下走过，注定忧伤一次，沉醉一次，仇恨一次。爱就是万缕青丝，眨眼之间，就是苍苍白发，如白雪消融，一切归于不露声色的平静。

一片流离失所的云，沿着七色马车碾压的辙迹，悄悄坠下，究竟要往何处而去，唤醒冬眠的所有柔情？

我看见我的心在低低地飞，带走一盏灯、一个人，并不回头。

一朝芳草碧连天

这里微风吹着,乱了我的头发,或深或浅的心事,在无垠的草原上拂过青青的草尖。我知道,这一刻,可以尽情地奔跑、撒野、打滚。我分明什么都没有做,任时光在身旁静静地流淌,像远处的一缕炊烟,在遗忘的路上。

如果还有寂寞,我却无法诉说;如果还有伤痕,我也无法毁灭。

月光下的露珠,越来越薄。我在草原的怀里搂紧走失的羊羔,漫溢道德、感恩和善良,就像这头小羊噙着的泪,有一点点无辜,还有长久抖动的不安。

然而这是一个潮湿的季节,草绿得心慌,大片的草挤在一起呼吸。仿佛一座巨大的胸腔,让我感到沉重的鼓点,起起伏伏。哪怕我也是那一根小草,迅疾得如一团呼啸的闪电,在茫茫草原追赶无羁的河流。

或许我们都在等待

或许我们都在等待,等待一匹马,呼啸而至,驮来春天深处第一声响雷。

我静静地凝望,一匹马是真正的诗人。向它致敬,像它一般打量这个世界,从容,宽宥——那么多的悲伤装进内心,那么多的幸福,随着青草一路起伏,哪怕一只小小的蚂蚱,也会感受它的欢乐;哪怕一粒尘埃,也会捧住它的疼痛。

瞧,在月光下,一匹马长鬃发亮,仿佛夜晚的守护神。一匹马听从岁月的感召,从不丢弃嗒嗒的马蹄声。

所以至今,我们都在等待,梦中之马为我转身。一个人的荒原,十万朵格桑花,将祖国的心房连在一起。

倾听阳光走过的声音

酒慢慢凉了,连同往事都一道走远。

河水那样流着

一只小鸟从河面上悄悄掠过,它孤单的鸣叫,溅湿了我的全身。

我守在这里,在一枚石子搅乱的水花中,不再寻找沉重的夕阳,也不必追寻风中的翅膀。还有一株小小的树,与我齐声欢歌。

我是一个伟大的指挥家,听从内心的召唤;我的十指之间,燃起无数朵火焰,每一朵,都绣满与生俱来的疼痛与幸福。

平静的河水啊,什么时候才能目睹马群一样的呼啸,挟雷而至,让我真实地存在或是消逝?

夜来故人欢

来吧,请和我饮了这杯酒。我要说一说你卑微而暗淡的伤痕,说一说它一无是处,说一说它为什么把你压扁,而又落下,像一朵枯萎的花。

事实上,我和你坐在夜晚的深处,什么都没有说。酒慢慢凉了,连同往事都一道走远。

如果你离开,请不要辞别。我永远在浓烈的醉意中,握住你的手,不会毫无顾忌地追问:"你还是你吗?"

江山远

想到江山,就有一层肃杀之意,在体内旋转。却总是不由自主地接近,或许抵达,像一柄剑,刺向它沉默的深处。

这里还会流出汩汩的泉水吗?这里还会绽开新鲜的嫩芽吗?这里还有我,心高气傲,而又何曾不想抱住暖暖的春风?

在一张纸上,江山已远。正如你的背影,就在我惆怅的瞬间,被一扇门打开,又被一阵风,吹落了一地叹息,轻扬而去。

温暖的尘世

　　守住一尾鱼游动的月光,守住微风中轻轻落下的几片薄霜,甚至必须守住我内心的火焰。它们缓慢而蓬勃地燃烧,让生活的灶台,溢出喜悦的眼泪。

　　我还要学会放弃,比如小小的伤害,在某个夜晚,随着一盏茶水,凉了下去。在这个尘世,除了爱、亲人,还有什么不能松开?

　　站在这里,也许我就是一棵树,高大、笔直,我与世界保持着神秘的联系。在银色的光芒里,一次次被自己感动,被漫无边际的歌声感动。直到退去,与大地一同熔化。

上岸的鱼

　　在沙滩上,我缓慢而持久地扭动,像一个醉汉,不问来路和归途。

　　我完全可以在水中安享天命,从容地度过后半生,也有一群真正的朋友,与我一起吐着欢乐的泡泡,有时候还跳出优雅的舞步。

　　可为什么我独自离开熟悉的海水,在岸上大口呼吸,徒劳地挣扎,像一根快要折断的水草?我的命运,究竟属于我吗?

一条受伤的鱼,不死的眼睛,和睁开一样,屈服、躲闪,穿过浪花旖旎的梦境。

会行走的树

它一直扎在这里,像是我的守护神。年年岁岁,守着我的收成,守着我的爱情、生活和幸福,还有一汪浅浅的愁。

它是高大的,君子一般坦荡。它的歌声,安详而又充满蓬勃的力量。这一切多么迷人!我不由自主地爱上了它,随着徐徐展开的臂膀,可以站得很高,看得更远。

在它搬来的光阴中,我习惯缓慢地抒情,如蝶翩翩飞舞。一到夜晚,它的身上就会飘满伤感,在梦中一次次带着我,拔腿狂奔。

我们把世界留在身后,摘下一片一片时光的叶子,醉在他乡。

冻土地带

它是如此坚硬,把所有的缝隙都堵塞起来。像是焊接的铁板,无情地封住大地宽阔的喉咙。

我知道,在它冰冷的内心,还有一道河流百转千回,向着远方日夜奔波。也许捎去一封带有体温的书信,随同一片落叶,抵达村庄芬芳的梦境。

灯火渐次亮了。如果谁发出一声冗长的叹息,它会不会缓慢地震颤,并由此开裂、折断,像一截枯枝,敲响一面沉睡的天空?

当微凉的二月迈着小碎步,匆匆而来,鱼苗追逐着水花,翠鸟扇动翅膀,唯有,这棵高大的槐树,还在它的怀抱,扬起一片片新生的嫩芽。

倾听阳光走过的声音

阳光走过的时候,我的体内是不是铺满了黄金的钟声?我看见一串晶莹的露珠,在高高的枝头,被几声清脆的鸟鸣,轻轻啄破。

这蔓延的阳光,像是浓得化不开的新茶。我热烈地亲吻,未饮而已先醉。渗进骨头里的温暖,让我没有理由,去歧视阴暗,把自己折腾得疲惫不堪。

如果抓住一把清脆的阳光,怎能轻易地松开?必须把这些调皮的孩子养育长大,无论多少年过去,我还是听到阳光的歌唱,一层一层,袅袅上升……

在前方,一缕漾开的阳光,随同南风扭动着小蛮腰。我更愿意是一只咩咩叫着的羊羔,一边咀嚼新鲜的青草,一边聆听谁的呼唤,让善良的眼睛不受伤害。

冬至

请让我学会弹琴,用颤抖的琴声,为远行的亲人们送去吉祥灯盏、光明的火把,还有感恩和抚慰。

请让我学会酿酒,用银色的杯盏,为先人呈上浓郁的酒香、莹澈的波纹,以及怀念与梦想。

面对他们,我一点点地剥下自己坚硬的外壳,拔去细小的刺,我的灵魂露出充盈而又丰润的果实。

今夜,我要燃亮漫天的星辰,等到故乡传来的吆喝——祈祷、祝福,推开春天的门闩,让滋润的福泽,河水一般缓缓流动。

我愿意,我真的愿意

黑夜漫漫,它们像一群蝙蝠,穿过一个人无边的梦境。更大的风,无法伸展一对雪亮的利爪,揪扯往事。

看一看黑夜,我如一只静立的瓷瓶,这微微的晃动,是多么不易察觉。一滴水溢了出来,一毫克的疼,悄无声息地蒸发。

在一年最后的时刻,我愿意敞开笑脸。哪怕是一朵小小的昙花,也要捧出火焰的种子,让光明的女儿,一分钟比一分钟甜蜜、绽放、沁香。

我真的愿意,短暂且热烈地,在你又深又亮的眼睛里,与一汪泪水相逢。

风从背后吹来

我守住的黑夜,还能相信谁,正在倾听忏悔和祈祷?唯一要做的事,是让多年前搁置的歌唱,不再重复变质的音调。

风一阵阵地刮来,一片刈后的土地,那无限的辉煌不见踪影,让一个稻草人缓缓垂下疲惫的臂膀。

夜晚刷上了一层油漆。在风中,一块石头躲到我的内心,似乎保持坚硬的镇压,才能平息奔跑的身影。

我的背后,巨人的拳头一次次狠狠地挥动。但我怎能怀疑,还有一只飞鸟的鸣叫,在星空下,清脆如烟?

兰之语

蜂蝶早已远去,我还在啜饮芬芳。我的贪婪,在醒着的唇上,停不下来。

　　整个山谷,只有我抱紧你的花蕊,一点点地颤动。我虚弱的痛苦,在你恬静的微笑之中,显得多么矫情。看上去,我多像一只金龟子,一边赶着落日,一边疯狂地掠取你的秘密。

　　兰,为什么一瓣又一瓣覆盖我的身体?仿佛一场宿命,我们默默忍受,都被秋风的鞭子,赶到各自适宜的他乡。

南方以南

> 谁持一根钓竿,钓一江秋色,三千里波纹?

南方以南

一桨,一橹,一只乌篷船。时光缓缓地流过……

仿佛听见,谁的笑声,浅浅地漾出梦境。此刻,清莲盛开,芳香四溢,整个村庄都浸泡在巨大且潮湿的呼吸里。

我不敢大声说爱,却抑制不住地欢喜。这样的欢喜,圣洁,静谧,连少年的心跳都清晰可辨。沿着一汪月色,撑一支长篙,驶进宋词的深处。

如果你来,我会在弦上停留,像音符晶莹闪亮;如果你来,我一定陪伴在你的身边,以灼灼燃烧的姿态擦亮江南的天空和不老的传奇。

南方以南,先人隐去。谁持一根雪白的钓竿,钓一江秋色,三千里的波纹?

南方以南,一帧剪影。我一个人听雨,抚琴,品茗,怀念一段从前慢的生活。

属于我的南方知道,一位叫梅的女子还在等待。

动物

爱上一头狮子,它在荒原漫步,很快就会投入一场惊心动魄的战斗。

我也爱上一只猫,它在屋顶潜伏,可以不发出一丝轻微的声响。

壮硕的抑或渺小的动物,令我感叹,敬畏。

在岁月的角落,无论哪一种动物,我都会听到一阵阵低沉的吼叫以及无声的呐喊。

一片一片,落到心底,像是天然酒窖里沉淀的时光。

以草的嫩芽开始

一棵草和另一棵草窃窃私语,它们说着什么,被春风偷听到了。

这春天的信使,到处传播,仿佛发布一道神的旨意。

其实不就是以草的嫩芽开始,万物生长,世界恢复律动和秩序吗?

那些蛰伏的小虫,纷纷从巢穴里蹦跳出来;那些筑在树梢的鸟窝,顿时有了叽叽喳喳的热闹和温暖。

在又嫩又细的草尖上,一滴露珠托起了一枚火红的太阳。

一隅清幽

脱掉阳光的袈裟,暮色一点点慢下来。

花开三朵,一个人的思念逐渐重了。彼此之间的距离,也没有逃过花瓣的眼睛,它兀自开放,仿佛挨着我坐下。

久违的老朋友,不用说话,都能感受到对方的欢喜与烦忧。

回忆,灯光,一泓清澈的泉水。

请允许我这样优雅而寂静地老去,身处江南一隅,做一座凉亭,守住三尺之内的清凉与花香。

生来彷徨

打雷了,下雨了,清明这天泪雨滂沱。

我在屋内走来走去,一个六神无主的人,怎么还有资格去抱怨老天?

人一旦出生,来也彷徨,去也彷徨。

我是敏感且固执的人,此刻,一遍遍地擦拭着木地板,似乎要使满腔的怨气,在劳累的疲倦中,消失殆尽。

我感觉从眼睛里飞出一只蝴蝶,从天地间挣脱什么,雨停了,风暖了。

那些隐藏秘密的人,我不羡慕,也不轻视。我只是在生活中打捞勇气的人,像是啄木鸟,围着大树,笃笃声声。

春风十里

~~~~~~~~~~~~~~~~~~~~~~~~~~~~~~~~~

此刻,月光拴住一匹枣红马。

~~~~~~~~~~~~~~~~~~~~~~~~~~~~~~~~~

桃花

阳光的瀑布三千丈。
桃花张开粉嘟嘟的嘴唇,一饮而尽……

春天的绣房,多少好女孩待字闺中。
与最初的雨告别,谁盈盈一笑,越过了万水千山?

杏花

一串杏花,不急不慢,正好砸在哥哥的头顶。

瞧,他暗自发怔,染上一场相思病。

此刻,月光拴住一匹枣红马。
一朵杏花偷偷溜出墙,娇羞的芳香暴露了她的影踪。

红牡丹

公园里的红牡丹,成群结队地开了。
我熟悉她们,宛如熟悉美丽而多情的姐妹。

在时光里,风姿绰约。
她们静静地弹奏着,梦之竖琴。

垂丝海棠

海棠伸长钓竿。
一尾尾活蹦乱跳的鱼,纷纷上了树。

今夜,一个失眠的人,
像垂丝海棠一样,悄悄地钓走时间的暗伤。

李白，李白

> 一轮明月，映照千里的白霜。

1

天空怎能按住，他千年的长啸，被一缕白云抚摸：金色的回声。

我听见小小的颤抖，如一层薄冰，渐渐碎裂，成一片空旷的呼唤。

2

那独行的人，仗剑或是饮酒，弹一曲古风，秋天越发深沉。

凝重的脚步，交付一双芒鞋，在蓑雨中丈量天涯。

3

孤帆远影，烟波浩渺。一声冗长的叹息，被一轮落日托付给斑斓的大鱼。

他的梦境,与这条江结下芬芳的情缘。歌者掀起了万丈波澜,绵延至今。

4

大地辉煌,葵花向阳。我分明看到,一滴眼泪泊于烈火的唇角。

如一叶小舟,无橹无桨,不知流向何处。

5

谁的目光扫过碧水?谁燃起光明的火把,点亮苦难的日子,或是奔波的旅途?

一阵阵猿声,远了,在历史的喉管里,兀自呜咽。

6

散落在江水的歌吟,给每一条鱼披上了锦缎,经久不息,鼓荡着时间之帆。

我追寻着,迁徙的鸟群,那里有一只大鹏,奋力向前。

7

一柄锈蚀的剑,被老酒擦拭得雪亮、通透,仿佛一个人飞翔的身姿。

谁是持剑而舞的人?谁沉默不语,甘愿回到又瘦又长的剑鞘内,独守黑暗的秘密?

8

你用壮美的诗歌缝补破碎的山河,你用不羁的风流擂响沉重的大鼓,你用根根白发挽住三千尺的瀑布。

但其实,你的内心始终涌起温柔的泉水,沿着狼毫,落下最后的热爱。

9

红尘深处,你寻觅一处清凉的福祉。这么多年,你找到了吗?

一轮明月,映照千里的白霜。和平的歌唱——从山的那头,蜿蜒到水的岸边。

10

你怀抱白色的美玉、闪亮的黄金,在一路颠簸中,像是吝啬的富翁。

此外没有丢弃的就是你的良心,拨开盛唐的烟云,竹简上,与故园脉脉相望。

11

忆起某日,你如青莲盛开,在潋滟的水面,时光溅起微笑的涟漪。

多么美,回声,继续传荡,与古老的蜀道擦肩而过,留下一串叮咛……

12

在一杯酒里,潦草的痛隐没了过往。一缕秋风,缝缝补补着呼吸,散开在漫无边际的夜晚。

一层一层,不绝的缠绕,恍若青丝万缕,属于谁?

13

伫立采石矶畔，寻找精神的源头。你的衣冠冢，如今葱绿一片，多少行者纷至沓来。

仰望，致敬，膜拜。你的名字镌刻在石碑上，被春风抚摸，又被秋天的露水浸凉。

14

初澜显现，山峰凸起。你来自奔腾的阳光，又向何处走去？

一曲悠长的箫声，唤醒了静谧的花蕾，你的梦中是否还有一团闪电？

15

大风吹散尘土和迷雾，在时间深处，谁被流放到烛火的案台？谁倾听不眠的祈祷？

一袭青衫，裹紧受伤的影子，触摸大地的体温。

16

撒一把鸟鸣，引来一个五彩的春天，骏马在荒原奔跑。

野草蔓延着孕育的气息，雨水过后，诗篇跌入草丛，纷纷结籽……

17

桂子酥香，江南正是蟹黄时节。一舟星辰，恍若蹦跳的鱼，集体上岸。

煮一壶月光，仙人！且允我坐在你的对面，小酌，对影成三人,好吗?

18

准备好一筐雪,洗尽你身上的仆仆风尘。

那高贵的头颅,不肯低垂。还有一颗深情的泪珠,挂在岁月的枝头,晶莹欲落。

19

秋浦河日夜流淌着无尽的悲欣,桃花汛,远远地,拍打着一个人的胸脯。

我们怎能分离?诗歌簇拥的花环,光荣而温情,分享世界真诚、善良的果实。

20

从开始就没有结束。李白,李白——

一座城市的呼喊,破浪而起,一个国家的心脏,撞响沉睡的大钟。只为了,那一次永恒的守望。

影子的低语

今夜,北风呼啸,我是唯一站在你身边的人。

1

这个冬天,我没有抱怨。

在我的脸颊上,雪一点点融化,一群蚂蚁爬过了街道,它们走得,再轻些……

2

沉默啊,请不要掐住我的脖子。

我必须仰天长啸,喊出内心的悲怆与绝唱,之后,像铁锈一层层覆盖。我怀揣着你的温暖,成为水的倒影。

3

我不会躲到匣子里,与又扁又深的黑暗拥抱,在冰凉的夜晚,捂住冻僵的耳朵。我也不会站在你的面前,露出慌张或破绽。

我们默默地注视着,还有一小汪水洼,从来就没有干涸过。

4

一万次呼喊,你又在哪里?我的内心是一座荒芜的空城。

你总是这样,被流水中的石头割伤,剩下甜美、安详和痛楚,交给一把铁镐吧,任由它挖掘、摔打,用尽了气力。

5

一个被风霜包围的人,浑身是火。

只有瓷器,才能盛满微微的颤抖。

6

我在一滴水里,看见了你的眼睛。

其实和我一样,闪烁一次,心就被敲了几下。不由自主,我的身子在弯曲,我不能让你,把一粒火焰的种子丢到窗外。

7

我曾天真地以为,无论做错了什么,你都不会责备。我多么希望,你能够袖手旁观。

我想让你知道,面对面的孤单,就是灌木丛中的一串苍耳,我们无法回避,它们刺在心尖。

8

像风对风的倾诉,不需距离,也能一齐,吹远一根洁白的羽毛。

我愿意在人群中消失,我愿意把我放逐到半空,我愿意在树杈上,垒一个小小的窝。只是不愿意你,独守夜晚,在一张纸上,虚构苍白的药方。

9

我们就是两道锃亮的铁轨,始终无法并排站着。你在左边,我在右边,被一列火车拉拢到一起又快速散开。在汹涌的人流中,我能确认你肯定不会将我抛弃。在你干净眼神的注视下,我总显得愚蠢。

有一盏灯,领着我们奔跑,大地似乎飘起来,我惊喜地看到,你的美丽如云淡风轻。

10

小时候,我对你有点恐惧,生怕你扮着鬼脸,像深巷的梆声经久不散。现在,我对你满怀敬畏;你想到了什么,却对我保守秘密。

我仿佛是你的俘虏,开始酝酿一次觉醒和抵抗。

11

我从你的面前走过,你却把我抛到了身后。如果苍老来得更晚一些,我相信,你的睫毛上,也不会落下一朵飘浮的白云。

往哪里去,并不重要。重要的是在迎面扑来的大风中,我们容易走失。

12

请将我撕碎,请让我零落成泥,我不是非要探听你体内流动的桃花汛。

这个世界,有多少伪命题?我们常常不知所措,正如你爱在春天,我却病在秋天。

13

我要织一件十字绣,把你一针一线,深深嵌入。

在红色的纬度,我与你是同样的心情,只是结局难以预料。

此刻,我从一面镜中启程,你正拒绝,从另一片葱绿的草地上出发。

14

其实,我们必须保持步调一致。否则,你慢下来的时候,我加快了速度。也许只有一个时辰,我们都会陷入茫茫的暮色。

无论你是否跟上我的步伐,我都必须感激,必须回头等你。

15

你的头发乱了,你的面容淡了,你的心碎了。

好在,还有我与你互道早安,把你的呼吸,在一轮红日中慢慢磨亮。

16

我最想做的事情,就是在你撤退之前,给你穿上一对马靴子。

让这片滚滚沙砾,像我弹奏的另一组和弦。

17

必须倾听,让耳朵结满清脆的鸟鸣;

必须臣服,让眼窝划出绿色的桨声;

必须响应,让山谷接住动人的呼唤;

必须和你,住在一根麦穗的故乡。

18

因为有一天,我们总要离去,像连绵起伏的山脉。

它不断上升,还有下沉。一滴琥珀般透明的眼泪,你不会拎在手上,若有若无。

19

一生不可逆转,你不肯背叛的命运,忠于内心。我不相信,你有一张面具,或者暗藏低飞的流萤。

今夜,北风呼啸,我是唯一站在你身边的人。

20

影子,垂落翅膀。

所有的亲人啊,你们不再分散,让门楣高过苦楝树,让低矮的苍穹,伸手可及。

这个寒冬腊月,我们相互依偎——
怀念、诉说,还有安慰,燃烧一炉噼噼啪啪的火苗。

光阴之眼

> 一个异乡人,挂满秋天的霜叶。

一个有秘密的人

1

没有人知道我的秘密,芨芨草一般,覆盖而茂密。我也记不得从何时开始,不再看斜阳,目送一只归鸿,寻找归途……

我想我是老了,愿意在往事中,怀念从前的影子。是不是依旧和我一起,在梨树下,等待一封远方的来信?

2

今夜,春风浩荡,江水一清二白。

我策反不了身体,影子像个看守,投以冷峻的眼神。

好吧,我乖乖地想着:"怎么向黎明,交代秘密?"

3

许多时候,影子安静下来,总会敲打我的胸脯,那里始终有不安分的心啊!

我不能成全,给影子装上一颗心脏。哪怕是石头炼成的也好,它至少可以被流水击中,聚拢我的呼吸和体温。

4

这影子,对我不冷不热,它洞穿了我的心思。

像幽井,丢进一枚石子,水花战栗,很快又平静如初。

5

这个被明月认领的影子,这个咬紧牙关的影子,这个享用时光没有回报的影子,这个回到剑鞘却无剑可拔的影子。

请告诉人们——让影子停止奔跑,让一阵踢踏的风,盗走可怜的秘密,我抱着影子,世界不仅仅是我一个人的。

必有一片叶子,在内心飞翔

1

夜深了,我还在寻找,失落的叶子。

当梦开始摇晃,一个旅者,点燃一堆白雪……

2

上升或是坠落,月亮的铜锣寄我肉身。

你说过:"从未停止飞翔。"叶子,喊出我今生的苍凉和疼痛!

3

恳请叶子,将我引渡到激荡的苍穹。

唯有孤单令我心惊,尘世,只不过发出米粒般的叹息。

4

叶子的体内,阡陌纵横,居住着童年的故乡。

阳光催开她的版图,这用旧的乡愁,请允许我把悲伤留给大地。

5

有些事经历了,必然失去。有的人,不去回忆也罢。

我无法像叶子那样,冷暖自知,信守天命。

6

此刻,我看到叶子痛快地承受雨水。

闪亮的身影,抵过一个季节的沦陷。这人世,万物的心跳寂静无边。

风居住的街道

1

风在哪里？和谁捉着迷藏？

它是这条街道,唯一没有长大的孩子,一眨眼,我们都已过了伤感的年华。

2

谁能握住风的翅尖,谁又能握住风小小的心脏？

不改初衷的一生与寂寞相随,正如此刻,它来到这座飘香的客栈,但没有卷帘而进,如一缕叹息。

3

风在呼天喊地,风在窃窃私语。

在大风苍劲的歌声中,只有一双明亮的眼睛,挡住灰尘。在轻风醉人的呢喃里,还是这双眼睛,安静依然,像两颗熟睡的葡萄。

4

风啊,多么战栗地飞翔！

它来自哪里,又向哪里迤逦而去？

或长或短的队伍,穿过街道的白昼与黑夜,有时丢下一枚干瘪的花瓣,有时揿响门铃,又静止不动。

它从邻家的女孩身旁绕过,却不惊醒一个青青豆蔻的梦。

5

在黄昏的街道,风仿佛插上翅膀的天使,缓缓移动美丽的身影。它要赶一场婴儿的洗礼,还是要带跑黄色的纸钱?只有它是自己的主宰,不紧不慢地推动时光的磨盘。

6

和风一样自由,和风一道忧伤,或许什么都没有留下。

想想往事,就是这样不甘心,被无形的墙壁,撞得生疼。

从认识风开始,那些流浪的脚步不再失重,寂静的回响像心灵一样辽阔。

光阴之眼

1

要到光阴的旋涡中玩倒立。世间的爱,被油灯护卫。

2

夜晚撤掉一把空椅子。琴在山水。

跳跃,隐居,心旌摇动。

你说那是一面湖泊静谧的眼眸……

3

今夜,不谈宿命,不指认悲苦。

我和你对坐,星星侧耳倾听涨潮的呼吸。

4

胸有沟壑万千,手有大把旷野。杨柳编成发丝,冰霜寸寸折断。

你有浩大的慈悲,我有微小的呼唤。

夜空很低,低到彼此的眉头,还不肯抬起。

5

白鲸在大海翻腾,猛虎在山林出没。

我,悄悄地绕到你的背后:"嗨,猜猜我是谁?"

你不动声色。

宇宙茫茫,拎着一颗悬挂的雨珠。

6

一匹老马,走得很慢,送别驿道、邮差和纸鸢。

一列磁悬浮列车,瞬间,刷过站牌和倒退的村庄。

7

群山高耸,露出鲨鱼的脊背。

一寸一寸的光阴,束发而立。

8

你,被两声鸟鸣抬着,被一行泪水淹没。

9

这滔滔不尽的人世。

请原谅,哽在咽喉的一根刺,至今没有除掉。

10

如果可能,光阴啊,我要抚摸你的面孔、你的鼻梁、你若隐若现的细纹。

像是一尾鱼,在你的怀里,从不惊动莫须有的波澜。

11

光阴与我,都有一双眼睛,你洞穿一切,我沉默凋零。

12

总有一天,我会吹去石碑上的铭文。

我一直在山野,流浪或盘旋。

草木深深,一只啄木鸟,围着一棵大树不紧不慢地雕琢。

13

你的眼,小若芝麻,大若唐古拉山。

你到我的身体,开满桃花,摘取野果。

光阴一起一落,我越过雷霆和乌云的栅栏,谁也阻拦不住,我拥抱你的啜泣和尖叫。

14

一位苦行僧,一个斗士。

你披阳光的袈裟,你舞青色的宝剑。

15

一只孤独的眼,一只巡游的苍鹰。

风帆猎猎。

一个异乡人,挂满秋天的霜叶。

16

如果没有光阴,我就没有心跳,消失将毫无真理。

而恰恰是你,不停地折磨,巨大的砧板,我四分五裂,但很快,一次次呈现我的洁白和热血。

17

请眨一眨,你调皮的眼睛。

我和小鹿,一道挑起薄薄的暮色。

18

在你掌心,我纵横四方,絮絮叨叨。

一座沙丘,被蚂蚁搬动。

向日葵,被明月嗑开丰满的骨肉。

狂草的版图,我是飞舞的蝴蝶。

19

光阴一言不发,驷马难追……

20

我织网,打铁,饮大坛大坛的女儿红。

一生即将荒芜,一世永不背叛。

21

对面的露台,响起一阵噼噼啪啪的鞭炮。

嘘,有人从子夜离开。

你假装摇晃,我吻着的梨花开了。

如梦令

1

在紫色的梦里,我总是和自己决斗。

一阵刀光剑影。哦,谁是那消失的人?

不,不。

且容我大口呼吸。这是什么年纪的梦,依然清晰如昨?恍若一幅幕布,定格在岁月的墙壁上。

2

我在追寻一道看不见的风景吗?

——檐下的铃铛,不动,不响。

静谧的夜,一辆大货车驶过马路,轰隆隆的声音,把我的梦拉了回来。

一张黑脸,呈现花朵般的颜色。

3

一个梦是一片灿烂的天空。

有时故乡在前,有时白云在后,有时,一丛茂茂草生长在田埂上。我被一条狭长的路,紧紧勒住。

4

我在幻象之内,把酒,话桑麻。

一切的源头都在杯盏里,我吞咽,自己的悲伤。

5

梦像一根刺,戳在这儿。

一阵闪耀微光的清霜,从心头掠过。

6

可我不是梦的终结者。

它走着猫步,它踩着雷电。我眼睛里的鱼,开始上岸了。

这时,梦里,一片空白。

我闻到了窗外久违的花香,似乎经历的一切,什么都没有发生。

夜曲

1

像大海一样涌动,梦幻来了。

当心跳不加掩饰,你被席卷的风暴紧紧追赶。

2

钟表停止了摆动。一阵阵雷霆,撞开你独居的国度。

涛声骤起,风一旦停息,你的灵魂便会飘落……

3

数不清的芦花,一齐以不同的速度,进入你的咽喉,滋长、繁衍。

你的眩晕无可救药。

4

无限沉默就像裸露的屋顶,一只猫从瓦脊上跃过。
敲打的水珠,让你失聪的耳朵渐渐苏醒!

5

没有栅栏的夜,你像大鸟——被神掳去,静静忏悔。

6

芦苇荡,被巨大的宁静充满。丝绒的光线与花萼交融的呐喊,荡过一个人的边界。

你的桅杆升起,离开……

7

栽下火苗,种植梦想。

你的星座在燃烧,微小的颤抖孤独得不为人知。

8

你的歌声从呼吸中旋绕,就像爱情在被彻底揉碎之前,拼命挣扎,却无力拾起。

9

命运之手怎样穿过风的甬道,在紫雾中张开,不可抗拒?

一群小蚂蚁,耸动着,托起鲨群的山岩。

10

流浪在远方。你没有故乡,竖琴悬挂在窗口,弥漫着冷冷的灰尘。

11

雨中的芦苇,依然奏响芦笛。

悲哀还是绝望如一根细小的鞭子。你埋藏的声音,抬到高空。

12

凝视不是逃逸!你活着,是因为没有忘却良知。

手握残花,关山已远——你走过红尘,倾斜的星星不再坠落!

柔　软

> 麦苗之上,我只想把安静的时间抱紧。

柔软

我想到柔软,一滴眼泪有了重量。记忆张开翅膀,眼泪沿着原路返回。童年,眼泪随同河水干净地流淌;中年,眼泪退守到谁也看不见的角落。

而更多时候,其实没有眼泪。即使一场巨大的悲伤猝不及防地来临,它还是一个清醒者,在时光中静静地漫游。

我边回味,边吮吸,它的快乐和忧伤。像是一把小提琴,在子夜萦绕一支熟稔的曲子;又像一支笛子,在暮色陪伴一头老牛走在回家的途中。滴水藏海,静水深流。眼泪令我的心房湿润而又辽阔,在阳光的万丈发丝中,要让我证明自己,爱着,活着,绝不放弃低处的高贵。

从坚硬到柔软的距离,眼泪触手可及。一个人百转千回走了许多路,但只要拥有一滴真实的眼泪,那么足够使自己变得无限深情,用一双脚丈量着广袤的大地,用一双手抚摸着热爱的版图。

我曾承诺过,让眼泪浇灌一座思念的牧场,让眼泪唤醒春天盛开的唇语。

请相信一滴眼泪不会消逝。

指纹里的痣

像一枚纽扣,扣住了一个春天。

鸟语花香。一颗痣,在岁月中拂去花朵的伤痕,也抹去一滴苏醒的泪珠。

我不相信宿命,不背叛命运。但曾经,我与一颗痣同病相怜,仿佛共同经历了几个世纪。

在掌心,马蹄声碎;在指纹,漾开一轮皓月。

一朵是我微笑的脸庞,一朵是大地盛开的恩典,一朵是攥紧沉默的黑痣。

我不能描述过于胆怯,在久远的迷失中停顿,把一辆马车,遗失在青春的驿站。

所以,失眠的夜晚,这颗痣宛如开花的石头,被我加冕。

蹚过水路

那时我还小,喜欢撑着一把雨伞,在雨季蹚过弯弯曲曲的小路,去很远的地方看外婆。

那时我不懂事,甚至故意使劲地踩几脚,让平静的雨水溅了一身。

请原谅,我一直在时光的剪纸中穿梭,来来去去,都被回忆撞得生疼。

一茬又一茬的异乡人,走向无穷无尽的呼唤与叮咛。

无论多少年,我依然是一株幼小的秧苗,没有抽穗,没有开花,站在前世今生的稻田里,随同稻草人,傻傻地挥动着不倦的双臂。

所爱的,在外婆的拍打下,静静睡去。

旧物件

打开抽屉,一些旧物件不翼而飞。

我藏过的糖纸、邮票、烟盒,还有散落的硬币,如今都去了哪里?

悲伤的夜晚,一方手帕,捂住了不急不慢的哭泣。

人到中年,过往的荣光与衰落自动清零。我分明就是穷人,只能目睹一朵梅,在初春的枝头燃烧。

幸好,还有一片枫叶,夹在发黄的典籍中。恍若一种心跳,清晰可辨。

我承认,那些斑驳的物件是故意丢了。

长天旷远,天高地阔。那一直仰望的鸟巢,每天还在孵化着新鲜的鸟蛋。

失去的,正在前方,张开一叶蔚蓝的帆。

风吹过麦田

如今,只要看到麦田,我的内心顿时翻腾起滚滚热浪。

像风一般吻过。

恰好一只蝴蝶赶来,我会生起茂密的胡须,耗尽最后的热情和泪水,生长郁郁葱葱的森林。

我怯怯地成为另一只蝴蝶,在阳光下婆娑起舞,在夜晚陷入甜蜜的忧愁。

为何而来,为何而去?

麦苗之上,我只想把安静的时间抱紧。

世界不是我一个人的。风,倾听着我的诉说,一次又一次扶正我卑微的身躯。

我的姿态,被风挥动巨大的狼毫,像一笔狂草般,抖落。

芬芳未歇

桃花谢了,杏花败了。春天渐行渐远,谁的枝头,心事重重?

我不忍离别,却在漫山遍野的草色中迷失。

回到安静,以一朵茉莉的姿态,喃喃呓语。心收紧,而又放松,仿佛一只小拳头,在暗夜里不由自主地摊开平和的手掌。

回不去的故乡,我无法抵达;大雁迁徙的队伍,我只能仰望。

风吼起,星辰落。我打开嗓子,哼唱一首久远的歌谣。我知道,脚板再硬,也踩不出辽阔的回音,只好跟着扬起的旌旗,想象自己,被风吹成一支洞箫,轻轻奏响我虔诚且干净的呼吸。

如一团露珠,在茉莉上散开。晨曦初升,新鲜的一天甩起了健壮的臂膀。

我微笑着,从人群闪过。一生蓄满感动的雨水。

春落，满地尘埃

从尘埃中撷取一缕激荡的回音，抛到半空，向远方飘去。

远方的尽头还是远方。

春天，悄悄地一分为二。一半是初春，一半是暮春。而中间等待的过程，被记忆遗忘。

这个春天，我的背影留给一盏灯火，在窗台始终亮着，捻燃初夏咪咪舔来的火苗。

缘起缘灭，宠辱皆忘。那些朦胧的面孔，怆然的风景，仿佛被一把老屋的门锁，紧紧锁住。唯有一条奔涌不息的大河，在身边低吟浅唱。

所有的痛，随着肩膀微微抖动，不为人知。

遇见夏天

栀子花开，蝉鸣萦耳，我走在雨山道上，与夏天不期而遇。

遇到久违的老友一般，我停下脚步，打量这清新的一幕。

一只萤火虫飞来了，绕着我飞了几圈，倏忽不见。尽管只有一只,但足以让我心旌摇曳。

万物皆有灵性,生命如此灿烂,小生灵带动了一座山的欢唱。

遇见夏天。某种不可遏制的安宁灌满全身。

挥起一把蒲扇,热气在茶香中袅袅散去。

我踮起足尖,像是用力在大地上划出一个熠熠闪光的标记。

纸　　上

～～～～～～～～～～～～～～～～

江湖尚未老去,而我掩埋了所有的退路。

～～～～～～～～～～～～～～～～

当我写下黑暗

当我写下黑暗,我不由自主把疲倦的身子,向打开的灯光倾斜过去,离得近一点,再近一点。

让这慈悲、温煦的光辉,把慌乱的日子重新安抚一遍。我仿佛看见了一只猫,正从屋顶越过,它一阵高过一阵的怪叫,就像一首蹩脚的诗歌,在夜晚哭闹。

一个人漫无目标,开始缓慢的行程。走到哪,就停留在哪。我知道秋天正在降临,凉意滑溜溜地爬上皮肤,先是一粒疙瘩,接着就是大片的疙瘩,瞬间占领了失眠的夜晚。

像一列长长的火车,运来无从逃逸的忧伤。我没有卸下它,连同风吹不走的疲倦,穿过一万公里的隧道。

在日出之前,我心力交瘁。

多年了,我习惯这样虚无和真实地存在,把自己掏空,而我一直无法回头。雾气越来越重,生活正在继续。

当我写下江湖

当我写下江湖,我仿佛身插双翼,从千年的风雨中疾行而过。我在鲜花开满的原野上,静静地散步,或是在蜿蜒流淌的河水中,清洗污浊的尘垢。

亲人们啊,我在离开的时候,万分伤感和动荡不安,却久久沉湎于无限江山,桃红李白之中。

我并非风景中最重的一笔,只想从认识一朵云开始,再认识苍生。我没有理由抱怨什么,在生活面前喋喋不休,也不随意放大任何一点疼痛。

如果看到了我,不要和我打招呼。因为我一直是抬头走路,低头看路,生怕一不小心,连声说着罪过,像道貌岸然的高僧踩到蚂蚁,不肯原谅自己。

在日落时分,我安然无恙,一切正如大幕拢住呼呼风声,我不能说出渺小的孤独和万丈豪情。

江湖尚未老去,而我掩埋了所有的退路。

当我写下记忆

当我写下记忆,我的脑子一片空白,仿佛一场大雪猝不及防地来临,又突然消失。

我不知道,应从哪里找到一条神秘的出口,让记忆慢慢复苏,哪怕如蠕动的虫子,我也觉得并不可怕。只希望,记忆的磷光漫天飞舞。

我独居在一片叶子之上,随风摇荡。谁能挡住寒流的侵袭?

枯萎不过就是几秒钟的时间,我听见裂开的脆响,正一下一下弯曲和轻轻折断,像薄冰安放于此。这些善于伪装的事物,看上去充满冷漠,从一开始,我就提防着变质的叙述,以及那些爱恨之间不可逾越的距离。

在白色的纸上,我大口呼吸。

有时从容,有时慵懒,偶尔探出头去,看看满天的星斗。我没有勇气走出记忆,拖拉机一般颠簸不停。

当我写下江南

当我写下江南,我的眼前飞扬着斜风细雨,整个青春,被泡在云烟氤氲的季节。

谁家的女子，摇来一桨碧绿的水声？那婉转的情歌，被小舟流放，一直就没有踏岸而归。我无疑是幸福的人，不需要含情脉脉，十八里相送，就在这里，点燃桃花亮晶晶的思念。

　　我再也不是懵懂无知的少年，学会了忍受寂寞，如一粒尘埃，牢牢地贴上春天。

　　红烛点燃的夜晚，我悄悄地挑落，无法抑制的疼总是蹿出胸膛。

　　雨还在下着，在黑暗中，谁能窥见我的瞳孔，没有泪水？

　　在拍遍栏杆的江南，我茫然失措，看不清来路，对去向也狐疑不定。

　　过冬的衣服还压在箱底，怀念的气息，若有若无地萦绕。

　　我穿着一袭青衫，并不寒冷。

当我写下岁月

　　当我写下岁月，我不禁大笑起来，费了很足的劲头，却无法到达柔软的深处。

　　如果在以前，我或许偏执，认为生活是一杯苦酒，辣得让我无所适从。

可是在今天,我看到了人性的脆弱,在岁月的风霜面前,不堪一击,就像衰败的果子。离别就不怕孤独。

总以为时间是我忠实的伙伴,月亮是我多情的面孔。

一个个轻扑流萤、搜寻蛐蛐的日子,早已背叛无奈的命运,不复存在。

对我来说,人生就是一次搏斗,尽管日渐憔悴,但我没有放弃抗争的勇气。我种下一株火苗,并不期待,燃烧得更旺,而只要这微弱的光芒照亮我的影子。

在倚栏听涛的时候,我坠入更深的暮色。世界很安静,包括一颗不安分的心。我还年轻啊,突然,一声鸟的鸣叫,像一颗闪闪发光的逗号,在我的身体中力压千钧。

存 在

～～～～～～～～～～～～～～～～～～

　　人间远比四月天,寥廓而又开朗。

～～～～～～～～～～～～～～～～～～

1

　　我们说起晚年,到乡下,找几间房子,或租或买或建,大家抱团,在一起养老。

　　一个人走了,还有其他人送……

　　慢慢地,孩子们会习惯的,对于他们来说,亲人的离开,只是各自回忆的开始。

2

　　微风中,叹息远去了,一滴雨水,落在古井,渺然无声。

　　我庆幸,久违的泪腺尚未枯萎,我的眼中含泪,流给——

　　你看。

3

灯火暗了,梦依然醒着。春风憔悴了,一串风铃静默如初。

你走了——

夕阳像一块纱巾,悬挂天边。

4

一头鲸,在大海出没,仿佛隐者。几头鲸,结伴而行。

月色抚摸,这动荡而又平静的大海。

5

每天,活着、爱着,像一棵树苗,努力地成长。

守在,你走过的路口,向你微笑,或默默打量你的姿态。

6

栀子花开了,芳香,溢满庭院。

想起当年,守在一株栀子花的旁边读徐志摩,想象林徽因的样子。

人间远比四月天,寥廓而又开朗。

7

香樟树下,年老的修鞋匠,一坐就是很多年。

只见他,一个人支摊、收摊。

没人知道他的家人。

8

上坟的时候,我给祖宗们磕头,祝他们安好,祝我们幸福。

但我还是动了一个念头,百年之后——

请允许我,给花花草草们做肥料。

9

我不关心,超级玛丽、一休哥,还有梅西、内马尔。

我只关心,生活把我捏成一枚陀螺,不停地转,停不下来。

10

暗夜,群山主持着受戒的仪式。

鹰在巢穴,用一对大翅,拢住一只雏鹰。

无论何时,我在心中升起一座高峰,就这样等待天明,相看两忘。

11

一群鸽子,从窗前飞过,呼啸而来却又倏忽无踪。

窗台前,我的心颤抖了一阵,仿佛被什么事物碾过,在暮色中,陷入一场旷日持久的忧虑。

12

春天,就在身旁。一株桃花悄然绽开,带动着整个广场花朵的怒放。

一个人走在春天里,血是热的,身体是暖的,一些词语,渐次打开门楣,比如爱、想念,比如我把异乡唤作故乡。

13

风,压断树枝,却压不断沉默和良心。

我一再抬高的目光,越过山峦,越过大河,跟随一只鹰巡游苍穹。

我没有惊慌,也没有沮丧,一直仰起倔强的头颅。

14

年轻时,茂密的发丛中,隐秘地排列着静电。

只要你走近,我会不由自主地发出火花。

而现在,一切归于平静,时光遮住了我倦怠的脸,顺便也让头发,有一种,顺从的起伏。

15

时针长,秒针短,有的时候,我竟分不清时针与秒针,谁长谁短。

在挂钟的内部,它们自由地摇摆,不需要,我深深的凝望。

面对苍茫的大地和肃静的内心,我只想看见——

自己与影子,像一对时针与秒针,从不排斥,亲密无间。

16

一串钥匙,挂在皮带上,当我走出电梯,又按上十五楼,返身看看门可锁好了。

这么多年,我总是这样和自己较劲。

什么时候,开门不需要钥匙,那么又该如何——

打量自己,一个陌生而又清醒的人?

17

我曾养了一些金鱼。十条,挤在一个鱼缸里。过了一段时间,它们先后离去。

我又养了一些金鱼,四条,还是挤在鱼缸里。

一年、两年、三年,它们还是四条,不多,也不少。

18

我打扫房间,推开一排长沙发,在角落里,藏着空调的遥控器、几张扑克牌、小玩偶,还有一个笔帽。

多年以前,我曾费劲地找过,没想到,它们委身这里。这满是灰尘的旧物件,让我突然拥有一份猝不及防的相逢和喜悦。

我与诗歌(代后记)

之一

午后庭院,我在诗歌这茂盛的绿荫下,静坐良久。

我无法知道,诗歌用怎样的牙齿咬住我内心的激情,便决定了我思想的走向,编织起语言的台阶。那些亲切的怀念贯穿我的一生,让我既不孤单,也不寒冷。

多少个夜晚,我仅披一身月光,在诗歌的圣殿,看见大师们的面孔真实而生动。他们的光芒,使我结束不了这长途漫漫的跋涉。

这个夏天,我的小屋总被一种眩晕笼罩。尽管栀子花已谢,带走了许多优美的歌声,但我的手指,循着朝圣的方向,拈出七朵湿漉漉的花瓣,成为温暖细小的韵脚。

走进诗歌,是我的归宿,是我青春节奏中动人的选择。

请给我捶打,给我灵感的火花。

走进诗歌,我听见生命的歌唱,更加热爱这深沉的土地,体味劳作的艰辛和壮美。这充满魔力的精灵,总是在天空下飞翔或舞蹈,让我目眩神迷,在日子中放飞祈祷,为诗神的降临而敞开干净的怀抱,拥有不变的温柔与守候。

之二

这是清风习习的月夜。

这是弥漫桂花幽香的秋天。

一朵橘黄色的灯光大片地倾泻。旧日的诗稿,一行一行叩击心灵。我看到了早年那些坚持写作的背影,单薄而沉醉。

这纯粹的姿态令人黯然神伤。远离了诗歌,许多拥有灵感的鸽子,飞出情感的树林,我无法抓住那清脆又绵长的哨音。抚摸诗稿,渴望在红尘中重拾诗情,徜徉于清凌凌的意象,伫守诗歌朵朵燃烧的光焰。

那火红锻打着的,是谁?那仰视的高贵头颅,是谁?那雁阵扫过的疼痛,是谁?那唱着情歌走向知己的,又是谁?

是诗歌,让我的日子流淌暖暖的阳光;是诗歌,让我的灵魂结实成旷野上的树。

多年以后,抚摸诗稿,找回最初的承诺和最后的夙愿。我听见桂香深处的谣曲,闪现的光芒覆满我的脊背,响彻我今生今世的美丽。